感动系列

守候雨季的大伞

——感动小学生的100个父亲

◎总 主 编：刘海涛
◎主　 编：滕　刚

九 州 出 版 社
JIUZHOUPRESS | 全国百佳图书出版单位

图书在版编目(CIP)数据

守候雨季的大伞:感动小学生的 100 个父亲 / 滕刚主编.

—北京:九州出版社,2005.8(2021.7 重印)

ISBN 978-7-80195-384-1

Ⅰ. 守... Ⅱ. 滕... Ⅲ. 文学–作品综合集–世界

Ⅳ. I11

中国版本图书馆 CIP 数据核字(2005)第 097101 号

守候雨季的大伞:感动小学生的 100 个父亲

作　　者	刘海涛 总主编　腾　刚 主编
出版发行	九州出版社
地　　址	北京市西城区阜外大街甲 35 号(100037)
发行电话	(010)68992190/2/3/5/6
网　　址	www.jiuzhoupress.com
电子信箱	jiuzhou@jiuzhoupress.com
印　　刷	北京一鑫印务有限责任公司
开　　本	787 毫米 × 960 毫米　16 开
印　　张	12
字　　数	240 千字
版　　次	2005 年 9 月第 1 版
印　　次	2021 年 7 月第 5 次印刷
书　　号	ISBN 978-7-80195-384-1
定　　价	32.00 元

目录

榕情依依

一树槐香

松 涛 阵 阵

春 风 拂 柳

白 杨 礼 赞

梧　桐　情　浓

榕情依依

守候雨季的大伞

　　总有一个人将我们支撑,总有一种爱让我们心痛。这个人就是父亲,这种爱就是父爱。能心痛,会心痛是好的,是仍有希望的,因为你还有爱,因为你还在乎,所以有痛,所以会痛。痛过之后,我们学会了珍惜,学会了豁达,学会了理解——生命原来是由一次次的痛堆砌起来的!

每一个父亲都不会为自己的爱划界线，我们的生活因此美好。

爸　爸

● 文/沈慧芬

三岁的胖胖，说来可怜，从生下来还未见过他当兵的爸爸。他曾无数次用小手指着镜框里的照片，自豪地向小伙伴们夸耀说："瞧，那个挎枪的解放军，就是我爸爸，多带劲。"幼小的心灵从小伙伴们羡慕的眼神里得到了满足。

这天妈妈带着胖胖到集市上买东西。集市上人很多，也很热闹。

"爸爸。"胖胖一声惊喜带幼稚童音的喊声，把正在专心挑选东西的妈妈的目光牵了过来。胖胖像一匹脱了缰绳的小马驹连蹦带跳向前跑去。不远处，胖胖抱住一名军人的腿，仰起天真无邪的小脸"爸爸、爸爸"地叫着。年轻的军人一怔，随即好像明白什么。他轻轻地蹲下身来，笑着抱起胖胖。随后赶来的妈妈刚要说什么，军人用目光制止了她。

"爸爸，妈妈告诉我，你来信说的，回来给我买嘟嘟响的机关枪吗？"军人盯着孩子纯洁的眼睛，抱着胖胖转身走进了商店……

当妈妈从军人的手中接过神气十足的胖胖时，泪水盈满了眼睛。"同志，真对不起，他爸爸在天山当兵，三年没探家了，所以小胖他……"

军人深深地点了一下头。头一扬，"啪"一个标准的军礼。转过身，大步向前走去。

爱无界限

赏析／漏斗沙

　　中国有句古话："老吾老，以及人之老；幼吾幼，以及人之幼。"意思就是说：尊敬、爱戴别人的长辈，要像尊敬、爱戴自己长辈一样；爱护别人的儿女，也要像爱护自己的儿女一样。尊老爱幼是我们中华民族千百年来的传统美德，也是一种普遍的社会要求。人虽然分你我他，但人与人之间的爱是没有界限的。

　　我被这个年轻军人深深打动，他虽然被胖胖错认，但并没有点破，而是为胖胖的爸爸实现了买枪的承诺，像对待自己的儿子一样对待胖胖，给从未见过爸爸的胖胖，带来了实实在在的父爱。

　　每一个父亲都不会为自己的爱划界线，我们的生活因此美好。

父亲对子女的关爱胜过所有的物质。

二十美金的价值

● 文/佚 名

一位爸爸下班回到家很晚了,很累并有点烦,发现他五岁的儿子靠在门旁等他。"爸,我可以问你一个问题吗?"

"什么问题?""爸,你一小时可以赚多少钱?""这与你无关,你为什么问这个问题?"父亲生气地说。

"我只是想知道,请告诉我,你一小时赚多少钱?"小孩哀求。

"假如你一定要知道的话,我一小时赚二十美金。"

"喔,"小孩低下了头,接着又说,"爸,可以借我十美金吗?"父亲发怒了:"如果你问这问题只是要借钱去买毫无意义的玩具的话,给我回到你的房间并上床。好好想想为什么你会那么自私。我每天长时间辛苦工作着,没时间和你玩小孩子的游戏。"

小孩安静地回到自己的房间并关上门。

父亲坐下来还生气。约一小时后,他平静下来了,开始想着他可能对孩子太凶了——或许孩子真的很想什么东西,再说他平时很少要过钱。

父亲走进小孩的房间:"孩子,你睡了吗?""爸,还没,我还醒着。"小孩回答。

"我刚刚可能对你太凶了,"父亲说,"我将今天的气都爆发出来了——这是你要的十美金。"

"爸,谢谢你。"小孩欢叫着从枕头下拿出一些被弄皱的钞票,慢慢地数着。

"为什么你已经有钱了还要？"父亲生气地说。

"因为这之前不够，但我现在足够了。"小孩回答："爸，我现在有二十美金了，我可以向你买一个小时的时间吗？明天请早一点回家——我想和你一起吃晚餐。"

拥有二十美金的幸福

赏析／小 尘

看到小说的结尾，我已经被这个五岁的小男孩深深感动了，可以想像，知道真相的父亲会为自己有这样懂事的儿子而多么的感动和骄傲。

和小男孩的父亲一样，许许多多的我们的父亲为了整个家每天都在辛苦地工作着，但很多人以为只要自己努力地工作，赚取更多的钱，就能为家人带来幸福，他们忘记了亲人之间更需要心与心的沟通，父亲对子女的关爱胜过所有的物质。

小男孩用二十美金告诉父亲，工作再忙碌也要给家人留一点相处的时间，亲情需要时间来培养，少赚二十美金就能与家人多相处一个小时，这一个小时是无价的。

> 并不是父亲要把爱深藏起来，父爱就是这样，不张不扬，却实实在在。

父爱像日历

● 文/崔　书

我一度曾怀疑父亲对我的爱，这也不能全怪我。父亲本来就是一个感情内敛的人。外表看去，固执，冷漠，极不容易亲近。真的，孩提时的我，对父亲的感觉除了一个"怕"字，竟不复有其他。

等我到外地住校念书时，就不常常回家了。但凡回家，母亲的目光与唠叨总是左左右右不离我，父亲却像是面对一个外人，很少开口说话，最多冒一句："明天几点走？"因为已经习惯，我也并不觉得失落，只是偶尔听到同学谈及他们的父亲是如何可亲可近时，总不免有几分怨意。

那年暑假，因找一本地图，翻箱倒柜，不经意间翻出一本旧日历来，竟然意外地发现，日历中左一张折页，右一道标痕，有的密密麻麻写满了字："今天君回来"、"今天君放假"、"买鸡蛋、牛肉"（我爱吃的）……全是父亲的笔迹，一笔一画，力透纸背。看着看着，我的泪便溢出了眼圈。父亲的爱，何尝不像这日历？不张不扬，不言不语，却沉甸甸地存在于你生命中的每一个日子。

那天吃饭时，眼看父亲只是把几乎没有肉的鱼骨夹进自己的碗里，我一筷子把鱼骨抢了过来，未及父亲开口，便把鱼肉拨到了父亲的碗中。

父亲张了张嘴，什么也没有说，脸上不怒也不喜，什么表情也没有，只是一声不吭地吃饭。吃完饭，父亲一如既往，一声不吭地去看电视里的相声,只是时时露出些笑意,似乎与平时有点不同。

那段相声其实并不怎么可乐。

真 爱 无 声

赏析／可 可

父亲的感情内敛,不容易亲近,令"我"一度怀疑父亲对自己有没有爱,还因此产生畏惧和埋怨,一个偶然的机会,让"我"看到了父亲在日历上写的记录,"我"的每一个假期都是父亲企盼的日子,但他不会像母亲一样把对儿子的思念唠叨出来,却会默默地为"我"买最喜欢吃的菜,把最有营养的肉留给"我",自己甘愿吃没肉的鱼骨。

并不是父亲要把爱深藏起来,父爱就是这样,不张不扬,却实实在在。其实当我们在怀疑父亲是否爱我们的时候,他正在用一种你想不到的方式爱着你。你发现的那一天就是他露出欣慰微笑的那一天。

爸爸是我们成长的第一个老师，也是我们的第一个偶像。

形　象

●文/张安泰

朋友的妻子打来电话，一句话都还没说便哭了起来。

我惊诧万分，一定出了什么事！

果然，原来朋友身受重伤，正在医院抢救。

来不及多问，我挂上电话，火速赶往医院。朋友的妻子带着六岁的儿子正在手术室外坐立不安，居然还有个警察在一旁宽慰她！我心不由得一沉，怎么，这事还跟警察有关？

"怎么回事？"我迫不及待地问。

"他带儿子出去玩……结果被歹徒捅了！幸亏警察同志把他送到医院……"刚说着，又抽泣了起来。

"他是见义勇为，勇斗歹徒才受的伤！"一旁的警察满脸肃穆道。

"爸爸抓坏蛋！还跟坏蛋打架！"朋友的儿子在一旁噘起小嘴巴，自豪地冲着我宣布。

天！我的耳朵没出毛病吧？抓歹徒？跟歹徒搏斗？我的这位朋友？我没听错吧？他勇斗歹徒，打死我都不信！和朋友从小玩到大，他是谁，我还不知道？这世上最后一个去跟歹徒搏斗的恐怕都轮不到他！朋友的胆小怕事在圈里是出了名的。记得去年，那一次，我俩在一个小饭馆吃饭，他中途去方便了一下，回来之后脸色有些不对，我问怎么回事，他说没事。约莫过了十分钟的工夫，他突然跟我说他的钱被人抢了！

"什么时候？"我问。

"就是刚才上厕所的时候。"

"你怎么不反抗？"

"那家伙他手上有刀呢！"

"那你怎么现在才说！刚才怎么不喊？"

"喊？要是他听到喊声再回来给我补一刀呢?! 反正也就是一顿饭的钱，不算多，认倒霉算了！"

当时我直想揍他！就这样一个人，自己被人抢了都不敢喊一声，让他为了别人去见义勇为？不敢想像……

老天开眼，朋友总算是没有去跟马克思他老人家商讨关于共产主义实现的具体事宜。让我吃惊的是这两天朋友的"大名"频频见诸本地各大媒体，并被冠以"英雄"称号！记者们有没有搞错？就他？勇斗歹徒？英雄？不信！

再去看他的时候，已是一个星期后了，朋友已无大碍，正卧床静养。

我开口第一句话就是："怎么回事？"

"什么怎么回事？"

"你的伤啊！报上居然说你勇斗歹徒！"

"本来就是嘛！跟那家伙搏斗时，让他拿刀子给捅的。"朋友说得倒平淡。

"没搞错吧！"直到此刻，我才极不情愿地相信这是事实，"英雄！你能不能告诉我你当时是哪根筋不对了？"

朋友笑了笑，显得很腼腆，却并没有开口。

"说啊！"我在一旁催促道。

"有什么好说的！"朋友反倒熊了我一下，"我带儿子出去玩，看见歹徒抢人钱，我就追了上去，然后跟他搏斗，结果受伤了，现在住院了，就这么简单！"

我被朋友的回答弄得有点哭笑不得："我是问你当时怎么会想起来追歹徒的，还跟他搏斗！这可不是你的一贯作风啊？"

"唉……"朋友叹了口气,好半天,才一本正经道,"当时我儿子就在身边,他说:'爸爸,你快去抓住那坏蛋吧!'我就去了……"

"就因为这?"我将信将疑地望着朋友,笑着问。

"是啊!"朋友很坚定地回答,怕我不信似的。

"你脑子进水啦?"我冲他直摆头,笑道,"为了小孩子家一句不知轻重的话,你就不要命啦!"

"你听清楚没有?!"朋友简直有点生气了,"我儿子叫我去抓坏蛋,难道我能跟他说:'爸爸怕死,爸爸不敢去'?有没有搞错!我怎么能破坏我在儿子心目中的形象!"

朋友注视着我,神情很庄重,甚至还带着少许的神圣。

这一次,我没有笑……

儿子的英雄

赏析／戈 多

爸爸是我们成长的第一个老师,也是我们的第一个偶像,爸爸的言行举止都是我们模仿的对象,爸爸在我们心目中的形象是高大、勇敢、无所不能的。但很多时候我们却不知道爸爸可以为我们一句话去做自己没有做过的事,为的是不让我们失望,这是父亲对儿女的另一种爱。

小说中,为了维护在儿子心目中的高大形象,一个向来懦弱的男人变成了见义勇为的英雄,也许有很多人不理解,那是因为他们还没有做爸爸,身为父亲的人更懂得父亲二字的意义。

父亲用他对儿子全部的爱，创造了一个神话。

父亲就是打破神话的那个人

● 文/陈志宏

他五岁的时候，不幸患了小儿麻痹症。乡卫生院的医生对他的父亲说："你就别浪费钱了，到县里买个好点的轮椅吧。他这一生肯定要在轮椅上度过。"

他的父亲沉默良久，吸完了一袋烟，背起儿子一个劲地往县城赶。县医院的医生把话说绝了："你就是把儿子背到北京去治，也站立不起来。"

十二岁那年，他坐着轮椅，去学校上学，端端正正地坐在小学一年级的教室里。他的成绩不算好，但音乐老师喜欢他，夸他乐感好，嗓音也不错。夸过之后，音乐老师又无奈地摇摇头自语道："一个残疾人，要想唱歌，难啊！"

一天，他对父亲说："爸，李老师说我的歌唱得好。我想唱歌！"在村里，身体健全的孩子都不敢有唱歌、跳舞的念头，他的想法一时被传为笑谈。村里的人众口一词："他想当歌星？讲神话哟！"只有他的父亲把他的想法当一回事，认真地说："儿子，只要你有这个想法，我就一定要让你成为一名歌星！"

他的父亲把他背出了山村，背上了火车，直奔省城。他看见了山外精彩的世界，抑制不住内心的激动，在父亲的背上一路高歌。

当这对父子站在某高校音乐系主任家门口的时候，城市已是万家灯火，奇异的饭菜香冲进他们鼻子，一整天没吃东西的他们越发感到饥肠辘辘。系主任把门打开，他父亲立即跪了下去，央求道："主任，我儿子有音乐天分，求你收下他吧！"

系主任惊讶地问："谁说你儿子有音乐天分？"

他父亲说："我们村小李老师说的。"

系主任委婉地把他们拒之于门外。

他们无奈地跨出学校大门，茫然地行走在陌生的城市。

他俩走了很多地方，敲了很多门，都被人冷冷地拒在了门外。他的父亲依然没灰心，背起儿子又踏上了新的求学之路。他们的真诚和执著终于打动了一所民办高校的艺术系主任。他成了音乐班免费的特招生。

经过一年的正规训练，原本资质不算好的他在学校赢得了歌王的美誉。他演唱残疾人郑智化的《水手》曾让无数观众为之动容。

离开学校后，他对父亲说："我要去北京唱歌！"他父亲二话没说，把他背到了北京。他挂着拐杖跑场子，一声又一声歌唱着美好的生活。

几年过去了，他成了业内颇受欢迎的"地下歌星"，凭借自己的努力，在北京买了房子，把山村里的家人全接到了首都。他的父亲却因过度劳累，离开了人世。那一年，他二十四岁，他父亲五十七岁。

父亲的背是他实现梦想的人生航船，父亲的意志是他超度现实的人生航标。父亲给他温暖，给他力量，给他自信，给他实现人生价值的阶梯！

父亲就是打破神话的那个人！

用爱创造神话

赏析／阿 奇

看完小说,我不禁对这位执著的父亲肃然起敬,在他的坚毅和顽强下,儿子由一个小儿麻痹症患者变成了"地下歌星",实现了儿子的梦想,用行动打破了别人眼中看来不可能的事,而自己却因劳累过度过早离开人世。他的执著成就了儿子也感动了我们。

这是一条艰难的道路,文中虽然没有写父亲的内心世界,但我们可以想像,他面对种种挫折时内心会有多么的痛苦,但他全部藏在心底,始终给予儿子坚定的信任和无穷无尽支持,使儿子勇敢地往前走,如果没有父亲的舍我奉献,也许儿子还是个坐在轮椅上的空想家。

父亲用他对儿子全部的爱,创造了一个神话。

父亲即使不在儿女身边，一样会找到表达深爱儿女的方式。

我的旅行伙伴

●文/[美]埃德蒙·W·波义耳

我是个商人，经常要到外地去洽谈生意，我觉得世上没有什么事情比跟一大群商人在某家汽车旅馆的咖啡店里一起就餐更令人感到孤独的了。

有一年，在我出差之前，我那五岁的女儿珍妮把一件礼物塞到我的手里。它外面的包装纸皱巴巴的，用了至少一英里长的磁带把礼物包裹成一团，无角无棱，不成形状。

我给了她一个大大的拥抱，随便在她脸颊上亲了一下——就是那种父亲通常给予女儿的亲吻——然后开始动手拆开她送给我的小包裹。我感觉到里面的东西很柔软，因此我很小心，生怕把礼物弄坏。在我拆开她送给我的惊喜的时候，她站在我身旁，身上穿着那件稍稍显小的睡衣。

最先露出来的是一双珍珠般的黑色眼睛，然后是一个黄色的嘴巴，一个红色的蝴蝶领结和一双橘黄色的脚。原来它是一只玩具企鹅，站起来大约有五英寸高。

它的右翼上用糨糊粘着一个小小的木头牌子，糨糊仍然是湿湿的，木头牌子上有手写的一句话："我爱我的爸爸！"在它的下面是一颗手工绘制的心，并且用蜡笔涂上了颜色。

眼泪顿时涌了出来，迷糊了我的双眼，我立即在梳妆台上为它选了一个特殊的位置。

　　我总是频繁地出差，每次出差回来在家里的时间总不会很长。一天早上，我收拾行李的时候把那只企鹅扔进行李箱里了。那天晚上，我打电话回家，珍妮显得很沮丧，她说那只企鹅不见了。"亲爱的，它在我这儿。"我解释道，"我一直带着它呢。"

　　从那以后，她总是帮我整理行李，亲眼看着那只小企鹅和我的袜子、修胡子的工具一起放进箱子里。在其后的许多年中，那只小企鹅伴随我走过了千万英里的路程，从美国到欧洲，跨越了千山万水。我们一起在旅途中结识了很多朋友。

　　有一次到阿尔伯克基，我在一家旅馆里订好房间后，就扔下行李，匆匆赶去参加事先约好的约会。当我回到旅馆里，却发现床铺已经铺好，那只企鹅正靠在枕头上呢。

　　有一次在波士顿，一天晚上我回到我的房间，发现有人把它放在床头几上的一只空酒杯里——它还从来没有站得那么直呢。第二天早上，我把它放在一把椅子里。可是到了晚上，却发现它又站在那只空酒杯里了。

　　有一次在纽约的肯尼迪机场，一位海关检查员冷冷地要求我打开行李箱检查。我打开了。在我的行李箱顶部，就放着我那亲密的小旅伴——女儿送我的企鹅。海关检查员把它拿起来，笑着说："这是我干这一行以来到现在所见过的最有价值的东西。感谢上帝！我们对爱不收税。"

　　有一天晚上很晚的时候，我打开行李箱，突然发现我的企鹅不见了，那时我从所住的那家旅馆已经驾车行驶了一百多英里。

　　我慌忙给旅馆打电话。接电话的旅馆职员不相信我说的话，他态度有点儿冷淡。他大笑着说还没有人把它交到他那里去。但是，半小时之后，他打电话来说我的企鹅被找到了。

　　那时候时间已经很晚了，但我不在乎。我坐进汽车，开着它行驶了几个小时只是为了重新找回我的旅行伙伴。我到达那里的时候已经临近午夜了。

　　那只企鹅正坐在旅馆的前台上等着我呢。在休息大厅里，疲惫的商人、旅行者们看着我们的重逢——从他们注视着我们的眼神里，看得出他们很羡慕我。一些人走过来和我握手。其中一个男人告诉我，他甚至自愿要求在第二天亲自把它给我送过去。

珍妮现在已经上大学了，我也不再像以前那么频繁地出差了。在多数时间里，那只企鹅是坐在我的梳妆台上了——它暗示着爱是旅行中最好的伙伴。在过去那些奔波在旅途中的岁月里，它一直陪伴着我。

一路有爱相伴

赏析／小　尘

一只小小的玩具企鹅经过女儿的加工，便成了一个爱的天使，寄托了对父亲的纯真的爱，使父亲一路有爱相伴，企鹅陪伴父亲度过无数个孤单的旅途，也感动了所有见到它的人。

同时，小企鹅也见证了父亲对女儿的沉甸甸的爱，父亲像对待自己的女儿一样倍加呵护，不管去哪都带在身上，形影不离，总把企鹅放在最显眼的地方，让人知道他有一个多么可爱的女儿，也显示出女儿在他心目中的重要位置，即使不小心忘记带小企鹅，他也不惜一切代价取回。

父亲即使不在儿女身边，一样会找到表达深爱儿女的方式。

父亲讲完故事后，却做了与故事相反的事。

梯 子

● 文/[新加坡]周 粲

　　年轻的爸爸和他的儿子一起在后花园放风筝。小小的园地，小小的风筝。

　　小小的风筝飞呀飞的，就飞到了墙头上。墙头上的野花，把风筝紧紧地缠着。

　　于是爸爸说，必须去拿一架梯子来，然后爬上梯子，取下墙头上的风筝。

　　爸爸要爬上梯子，但是儿子说："爸爸，让我来吧！"

　　爸爸看了看他九岁的儿子，想了又想，终于说："也好，让你来就让你来。"

　　猴子一般地，儿子爬到梯子的最高一级了。

　　儿子转过头来，嘻嘻地笑。他的笑声，像用早晨的牵牛花吹出来的。

　　解开了风筝绕在野花上的线，正要下来，爸爸却用一只大手和一个声音制止了他。爸爸说："慢着！"

　　儿子停住了，望着爸爸，用眼睛问爸爸："怎么啦？"

　　爸爸说："我先讲个故事给你听了，你再下来。"

　　于是儿子笑得更开心，他一手抓住梯子，一手拿着风筝，等爸爸讲故事。爸爸讲的故事，没有一次是不好听的。

　　爸爸说："从前有个爸爸，告诉他那个站在一架很高很高的梯子上的儿子说：你跳下来，你一跳下来，爸爸一定会在下面把你抱住。听见爸爸这么说，儿子很放心，就像游泳时跳进水里去一样，纵身一跳。哪里知道当儿子就要投进爸爸的怀抱里的前一秒钟，爸爸的身体一闪，站在一旁。儿子扑了个空，掉在地上，屁股差一点开花。哭哭啼啼地站起身来，儿子问爸爸：为什么要骗他。爸爸说：我要给你一个教训，连你爸爸的话都靠不住，别人说的话，更不必说了。"停了一停，爸爸继续说，"我们也来照着做一次好不好？"

儿子一听，脸都变白了。

爸爸说："不要怕，勇敢一点，你只要跳那么一次就行了。我要你留下深刻的印象，免得你以后长大了，容易上人家的当。"

但是儿子显然并没有被爸爸的话所说服。他脸上惊愕的表情，丝毫没有消退，然而他还是不敢违抗命令。他站在那儿，动也不敢动。

爸爸开始发号施令了："听着啊，我喊一二三，喊到三的时候，你就跳下来，然后我就把伸出去假装要接住你的手缩回来，让你跌一个屁滚尿流！"

站在梯子上，儿子的脸像一粒还没有熟透的橘子。

爸爸喊了："一……二……三！"

咬紧牙根，忍着泪，儿子从梯子上跳下来了。他等待着自己的身体像一个南瓜，噗的一声，摔得支离破碎……

然而，好奇怪！爸爸的手竟然没缩回去，他的身体也没移开。他还是定定地站在原来的地方，把掉到他两手中的儿子，牢牢固固、结结实实地接住了、抱住了。

儿子虽然不曾受伤，但是他的神情，比刚才还要疑惑，张大了眼睛，他问："爸爸，你为什么骗我？"

爸爸笑出声来。爸爸说："爸爸要让你知道：即使是别人的话，有时也是可以信任的，何况是爸爸的话呢！"

所有的玫瑰花，都回到儿子脸上。他搂住爸爸，不住地吻爸爸的双颊。

爸爸和儿子拉着风筝，向后园的一角跑去。

父爱不会缩手

赏析／杏无音

　　人与人之间相互信任的培养是从最亲的人开始的，父亲借梯子的故事，给儿子上了一节信任课。

　　信任是人与人之间交往的基础，没有信任，我们就会觉得世界非常陌生，自己非常孤独。父亲讲完故事后，却做了与故事相反的事——接住了儿子，以此告诉儿子，信任是人与人相处的基础，但过度的信任就会使自己受到伤害。虽然父亲不论在什么情况下都会保护自己的孩子，不会让孩子受任何的伤害，最值得信任，但父亲也是只可以依靠不能依赖的。

"宝物"集中了父亲的智慧和真爱。

地里藏宝

● 文/佚 名

　　从前有个农夫,他有三个儿子。他们全是懒孩子。一天,农夫感到他快要死了,就把三个儿子叫到一块,告诉他们地里藏有一件宝物。他说:"去翻地找宝物,你们一定会找到它的。"

　　农夫一死,三个儿子便开始翻地。他们挖呀挖呀,但是仍然挖不到任何宝物。

　　于是他们便改用犁翻地,并且尽力翻深,也同样找不到那件宝物。此时正值播种季节,一个儿子说:"我们既然把地都翻了,那就在地里种上稻子吧。"

　　"好嘛!"另外那两个都赞成。于是他们就开始播种。

　　秋收季节到了。他们望着田里一片丰硕的金色稻谷,都十分惊喜。因为他们的田翻的深,他们的收成比临近的任何田地都要好些。

　　这时,三兄弟才明白父亲所说那番话的真意。土地是会赐予那些勤勤恳恳劳动的人们以应得的财富的。

父亲的宝物

赏析/斋咖啡

　　生活中,很多人都希望不劳而获,凭空得到巨大财富,使自己过上衣食无忧的生活，但这只不过是人们的美梦而已，是不可能实现的。农夫就是要唤醒三个懒儿子不劳而获的美梦，使他们懂得勤劳才是获取财宝的道理,农夫采取了"以毒攻毒"的办法,用宝物吸引他们去劳动,最终使他们醒悟。

　　农夫是非常爱自己儿子的,自己去世后,他的"宝物"使儿子们不至于失去生活的依靠,同时还使他们又找到了生活的真谛。

　　"宝物"汇集了父亲的智慧和真爱,而每一个父亲都有自己教育孩子的"宝物",所有的"宝物"的核心就是爱。

我们不要抱怨父亲不够爱自己了,因为父爱的分量是他们最宝贵的生命。

爸爸的头盔很不舒服

●文/佚 名

一天夜里,爸爸骑摩托车带着女儿快速行驶在公路上,他们急着去参加一个聚会。

女儿:"慢一点……我怕……"

爸爸:"不,时间不多了,我们要失约了。"

女儿:"求求你爸爸,这样太吓人了。"

爸爸:"好吧,不过你要说,好爸爸我爱你。"

女儿:"好爸爸,我爱你,现在可以慢下来了吗?"

爸爸:"紧紧抱我一下。"女儿紧紧拥抱了爸爸一下。

女儿:"现在你可以慢下来了吧?"

爸爸:"你可以脱下我的头盔自己戴上吗?它让我感到不舒服,还干扰我驾车。"

第二天,报纸报道:一辆摩托车因为刹车失灵撞毁在一幢建筑物上,车上有两个人,一个死亡,一个幸存。驾车的爸爸知道刹车失灵,但他没有让女儿知道,因为那样会让女儿感到害怕。相反,他让女儿最后一次说她爱他,最后一次拥抱他,并让她戴上自己的头盔,结果,女儿活着,他自己死了。

就在一会儿的时间里,就在平常的生活里,爱向我们展示了一个神话……

瞬间·永恒

赏析／江 河

看完小说,泪水无声无息地流满双颊,我被这崇高的父爱深深触动。

在发现摩托车刹车失灵后,父亲为了不使女儿害怕,隐瞒了事实,把头盔让给了女儿,也就是把生的机会无私地留给了女儿。

这个举动几乎是在千钧一发的时间内完成,父亲出奇地冷静和镇定:稳定女儿的情绪,把生的机会让给女儿。父爱就在这一瞬间完全释放,时间上的一瞬间,却是爱的永恒。

从孩子出生开始,父亲关心孩子成长的每个细节,无私地奉献着自己的真爱,在遇到灾难的时候,第一时间想到的也会是孩子的安危,父爱是最坚实的保护。

我们不要抱怨父亲不够爱自己了,因为父爱的分量是他们最宝贵的生命。

父爱像流水一样淌在我们的身上。

爸爸和一只蚊子

●文/陈德沛

放学了，儿子没像往日一样扭开电视寻找丁当或数码暴龙，而是躲进房间里写什么。男人一问，才知道学校要举行作文比赛，题材是父母对子女的爱。儿子踌躇满志："作文是我的强项，再加上有个好爸爸，一等奖还不是囊中之物——老师也是这样说的嘛。"

"那当然。"男人附和。男人对儿子从来就言听计从有求必应。

结果公布了，儿子只得了个三等奖。他神情颓丧，继而为吃不到的葡萄大动肝火："这样的文章也能得一等奖真是岂有此理，不可理喻，乱点鸳鸯谱！"瞧瞧，一个三年级孩子遣词造句的水平可以吧？"或者，一等奖总有一等奖的理由吧。"男人努力掩饰语气中的那股酸味。儿子立即从口袋里掏出一张皱巴巴的稿纸："你看，还范文呢，每人一份，还要写读后感，匪夷所思！"

男人展开，作文题目是《爸爸和一只蚊子》："……小时候我体弱多病。一天晚上，睡到半夜，听到蚊帐内有两声嗡嗡的蚊叫声，妈妈要起床亮灯捉蚊，爸爸制止了，说儿子好不容易止住了咳嗽睡着了，这样一动要吵醒儿子的。然后爸爸把手臂大腿裸露在被窝外，妈妈问他怎么了，爸爸说：'蚊子吸饱血就不针人了，让它们在我这儿吃饱了，就不会找我儿子了。'这件事是妈妈后来告诉我的。"

男人倏地给什么噎住了。儿子却仍在喋喋不休："这叫什么好爸爸呀？没带儿子去过一次麦当劳，没让儿子学钢琴！"男人顿觉心烦气躁，一股无名火涌上心头，一举手一巴掌重重地落在儿子脸上——这是他第一次打儿子！

儿子愕然，继而嚎啕大哭。男人脸上也在火辣辣地痛："儿子，对不起，让我帮你来写好这篇读后感吧！"

爱在最微处

赏析／小　奇

爱并不是要给予多少物质，而是在最微小处给予最贴心的关爱。

儿子写的参赛作文只得了个三等奖，儿子不满，这令父亲心里也很不平衡。但看完一等奖的作文后，父亲受到触动，并开始重新思考自己对儿子的爱：原来带儿子去麦当劳、学钢琴，给的只是物质和享受，而不是真正意义上的爱，而且也给儿子造成父爱就是给予实在物质的错觉。

而另一位父亲为不吵醒因病好不容易睡着的孩子，宁愿给蚊子咬，这只是一个生活的小细节，恰恰是在这些最细微的地方，父爱像流水一样淌在我们的身上。

所以，即使在挨鞭子的时候，我们还是享受着父亲严厉的爱。

鞭子下的父爱

●文/李伶伶

他从小就怕他父亲，尤其怕他父亲手里的鞭子。那条鞭子像是长了眼睛一样总是往他身上跑。

他小时候特别顽皮，经常和小伙伴干仗，父亲知道后便不问青红皂白地用鞭子打他一顿。如果是他的错，他倒也甘心挨打，如果不是他的错，他就觉得很委屈。委屈也没有用，父亲根本就不讲理，只用鞭子说话。他小小的心里对父亲是又恨又怕。

他整日在乡村的天地里飞跑着，心都跑野了，到了上学的年龄也不愿去上学，任母亲怎么劝说他都不肯。父亲一句话没说，直接用鞭子把他赶到了学校。从此他老老实实坐在了教室里。

上学的路上要经过一条河，河上面没有一座像样的桥，只有一座简易破旧的石头桥。石头桥搭的很不稳，有一天他一不小心就掉到了河里，踩翻的石头掉下来砸伤了他的脚。母亲一边给他上药一边说桥不好，父亲突然插嘴说，还是他自己不小心，别人怎么就没摔着呢？他看了一眼父亲，没有说话。从此再过桥的时候他就格外小心，再也没掉到河里过。

父亲身体一直很好，有一年忽然腿疼起来。他想，这回好了，父亲打不动他了。没想到他因为贪玩考试没考好，父亲照样用鞭子打了他，是坐在椅子上打的。他心里堵着气，看都不愿看父亲一眼。

直到上了县城高中，他才逃离了父亲的鞭子。因为离得太远了，父亲的鞭子够不到他了。

上大学那年，父亲坚持要送他，他心里一百个不愿意。这么多年疏于沟通造成的心理隔阂使他很不愿意单独和父亲在一起，总觉得有点别扭。有时候他还在心里疑问，这个男人是不是我亲生父亲呢？

帮他交完学费铺好床位父亲坚持要走，说坐晚上的车回去。他本想挽留一下，想想又没有。默默地送父亲上火车。父亲上火车的门梯时总是先迈右腿再跟上左腿。父亲真是老了，他心里某个柔软的地方被触动了一下。

工作之后，他给家里装了电话，想家的时候他就往家里打个电话。如果是母亲接的，他就会有说有笑地跟母亲说上老半天，挂电话时还依依不舍。如果是父亲接的，他竟有些不知道说什么，电话那端的父亲好像也不知道说什么，相互沉默一会儿，不是他先问我妈在家吗，就是父亲先说我去找你妈。有时候他就想都是鞭子惹的祸，打断了父子之间的亲情。这么多年他一想起父亲就想起父亲的鞭子，一想起父亲的鞭子他就觉得父亲不爱他，不然为啥打他打得那么狠？他也不爱父亲，他总是这么对自己说。

一次他正跟母亲在电话里滔滔不绝，母亲忽然说，你怎么就不问问你爸爸呢？他的老寒腿又犯了。你知不知道这病是咋得的？你还记不记得你小时候走石头桥掉到河里伤了脚的事，你发没发现从那以后石头桥好走多了，你再也没掉到河里过？你知不知道那桥是谁修的……

他愣在了电话机旁，半天不知道说什么，眼泪却止不住地往下掉。父亲啊父亲，你为什么把爱藏得这么深?!

父爱有两面

赏析／田　间

　　父亲对子女的爱有两面：一面是严厉，另一面是温柔和关爱。

　　通常我们对父亲的严厉又恨又怕，因为严厉会带来身体的疼痛和内心的委屈，但从父亲的角度讲，这何尝不是一种爱之切的表现呢？俗话说"恨铁不成钢"，正是因为父亲希望我们成为钢，才会恨我们还只是铁。

　　而父亲的温存和关爱，大部分时候藏在他们的心底，在我们的背后。当你不经意间发现时，才知道父亲有多么的爱自己。

　　所以，即使在挨鞭子的时候，我们还是享受着父亲严厉的爱。

有时说谎也是父爱的一种方式。

父亲的两次谎言

● 文/佚 名

父亲一辈子老实巴交,他言语不多,如同脚下的土块一般实在、沉默。然而,在我成长的过程中,父亲却说了两次谎话。

那时,全村考上中学的,我是第三个,而且是本县最高学府——西郊中学。因此,种了一辈子庄稼的父亲便以为从此命运转机,把这个沉重的砝码压在我身上。我也为了父亲的夙愿而忍受着饥饿和贫穷,很争气地每年考到了前三名。

后来我认识了女孩静,因为学习的枯燥和对缪斯女神的崇拜,我俩很快便形影不离了。一天到晚脑子里除了静外,父亲、课本、大学都不复存在。那一年的高考预选我落榜了,静也一样。

我回到了农村。在帮父亲割了半天麦子后,手便被血染红了。父亲瞪着充满血丝的眼睛看着我:"娃,听爹的话,回城去吧。"那时,我绝无勇气再回到高中——羞于见老师、同学,特别是静。

到了报到的日子,父亲硬是把我送到了学校。那时我很自卑,怕别人瞧不起。幸好老师都换了,静也不在,我整日除了学习、吃饭还是学习、吃饭。但是,自卑的阴影却时常吞噬着我的心。第一次期中考试后,要开家长会,父亲特意换上他过年才穿的"蓝的卡"中山装上城来了,我则忐忑不安地等待着父亲知道了我成绩后的愤怒。父亲天黑回来了。我不敢问,他也只是抽着烟,而后才缓缓地说:"你考得还好。我听先生念了你的名字,说希望很大。"真的?我简直不敢相信自己的耳朵。可是父亲怎么会骗人呢？我的眼里一下子涌出了泪水，老师们并没有嫌弃我，我还行。于是我重振旗鼓，没日没夜地复习，等我参加高考时已瘦了十五斤。那年，我考上了师大。

大学四年，我时时不忘奋进与努力，除了认真地学好专业，还时不时发表一些文章。大四毕业那年，居然也有了一摞作品和证书。大四后半年，同学有门路的找门路，没门路的托人拉关系，我也惶惶不知所措。当时心中实在没有一丁点儿主意，便寄信回家问爹怎么办？

一天中午爹终于来省城了。他依旧是那么的土气，嘴里叼着烟斗，一字一顿地说："亲戚朋友听说你分配，为你凑足了两千元去找单位，你放心去联系吧。"看着父亲满是皱纹但充满自信的脸，我浮躁的心情得到了些许安慰。是啊，有了这两千块钱，本市不行，我还可以到别的地方试试看。后来，我很自信地去了几家单位，他们都看上了我的文章，争着要我。最后我轻而易举地进了目前这家单位而没有花一分钱。

在送我去报到时，我和父亲一同走在崎岖的山路上。父亲踌躇着对我说："娃子，有两件事，爹一直瞒着你，让爹说出来吧，不说，爹心里难受。"这时，我才明白了，高三那次老师的表扬和毕业时家中的两千块钱纯属父亲的谎言。老师既没有表扬我也没有批评我。至于那钱，家里当时连一千块钱都拿不出来。父亲怕我心慌，才撒谎的。但是，他也不知道我能分到一个好单位。

父亲的话还没说完，我就泪流满面了。我感到父亲的两次谎言，不仅仅是父亲的睿智和淳朴的表现，更蕴涵了他浓浓的情与爱，使我永远也不会忘记……

因为爱，所以说谎

赏析／可 可

　　有些谎言会使人身心受到伤害,进而对生活产生巨大怀疑;有些谎言却能令人积极向上,看到生活的希望。它们同样具有欺骗性质,为什么会起到不同的作用呢?那是因为前者的目的是害人,而后者的目的是爱人。

　　小说中父亲的两次谎言都是饱含着对儿子的关爱,第一次谎言使儿子抛开了自卑,重振旗鼓,找回了学习的动力,最终考取了大学;第二次谎言为儿子找工作解除了后顾之忧,增强了儿子求职的自信心。每一次说谎父亲都是从儿子的角度出发,不希望儿子受负面影响,从而在儿子最苦闷的时候给儿子最强有力的支持。

　　有时说谎也是爱的一种方式。

断箭恰是父亲对儿子寄予的厚望，这是作为军人的父亲对儿子特殊的爱。

断　　箭

●文/佚　名

春秋战国时期，一位父亲和他的儿子出征打仗。父亲已做了将军，儿子还只是马前卒。又一阵号角吹响，战鼓雷鸣了，父亲庄严地托起一个箭囊，其中插着一只箭。父亲郑重地对儿子说："这是家袭宝箭，佩带身边，力量无穷，但千万不可抽出来。"

那是一个极其精美的箭囊，厚牛皮打制，镶着幽幽泛光的铜边儿；再看露出的箭尾，一眼便能认定是用上等的孔雀羽毛制作的。儿子喜上眉梢，贪婪地推想箭杆、箭头的模样，耳旁仿佛"嗖嗖"地箭声掠过，敌方的主帅应声落马而毙。

果然，佩带宝箭的儿子英勇非凡，所向披靡。当鸣金收兵的号角吹响时，儿子再也禁不住得胜的豪气，完全背弃了父亲的叮嘱，强烈的欲望驱赶着他呼一声就拔出宝箭，试图看个究竟。骤然间他惊呆了。

一只断箭，箭囊里装着一只折断的箭。

我一直挎着只断箭打仗呢！儿子吓出了一身冷汗，仿佛顷刻间失去支柱的房子，意志轰然坍塌了。

结果不言自明，儿子惨死于乱军之中。

拂开蒙蒙的硝烟，父亲拣起那只断箭，沉重地叹一口气道："不相信自己的意志，永远也做不成将军。"

断箭情长

赏析／漏斗沙

每一位父亲都有一套教育子女的方法，因为他们有不同的目标。《断箭》中的将军父亲是希望把自己的儿子训练成勇猛的将军。

勇气来源于必胜的意志力，一支说成是"家袭宝箭"的断箭能使将军的儿子所向披靡。但当儿子发现自己只是带着断箭上战场时，意志力立即消失，勇气也随之消失，于是不但没有成为骁勇的将军，反而命丧战场。

在残酷的战场中，父亲的脑子里并没有"死"这一个字，有的只是"胜利"两个字，因为意志坚定军队就会无坚不摧。所以父亲并不是教自己的儿子送死，断箭恰是父亲对儿子寄予的厚望，这是作为军人的父亲对儿子特殊的爱。

老僧问得好：父亲的恩惠就可以不算恩惠吗？父亲是我们的大恩人，从你明白这个道理开始，用全部的爱去回报父亲吧。

父亲的恩惠

●文/姜夔

他从来不相信算命、预测之类的玩意儿，但他还是来到这个号称"明镜长老"的僧人面前。这个老僧虽然瘸着一条腿，却是家乡县城颇有名气的人物。

他沉重地叹息着，诉说自己的不幸：几乎打懂事时起，就没人关心他、爱护他、帮助他。长大后高考落榜、竞聘下岗、妻子离异……世界对他来说冷得像个冰窖。他愤世嫉俗，悲观厌世，看破了红尘。

老僧静静地听着，微眯着的老眼满含玄机。他讲完了，眼巴巴地等待着老僧为他指点迷津。老僧慢悠悠地捋着胡须问道："这世上真的没谁在意你、关爱你吗？"

"没有。"他坚定地摇着头。

老僧似乎失望了，眼中凝滞着一层悲哀。良久，才举起指头提出三个疑问。第一问："打从儿时上学到十八岁高中毕业，这期间真的没人照顾你、负担你的生活费和学杂费吗？"

他一怔，想到自己蹬三轮车的父亲。上小学六年，不论风霜雨雪，都是父亲呵护接送。母亲早早去世，父亲又当爹来又当娘，为他洗衣做饭，把他拉扯大。父亲十年没添新衣，寒冬腊月里，双脚冻得红肿流血还在蹬车为他挣学费。父亲说："再苦也不能误了孩子读书……"

第二问："人吃五谷杂粮，难免有病有灾。你生病的时候，难道也没人坐在你的床边？"

他脸红了，仍然想到自己的父亲。那年上高二，他得了急性肾炎，在医院躺了一个月，父亲日夜守护在他的身边。为了凑齐住院费，老人家还偷偷地去卖了血，当医生怀疑他是肾衰竭时，父亲哀求医生说："只要能治好我儿子，我愿意捐肾……"

第三问："当你落榜、下岗、婚姻变异遭受挫折磨难时，真的没人与你共渡难关？"

他低头无语，还是想到自己的父亲。落榜时，他在家躺了三天，父亲硬在他的身旁坐了三天，好言好语宽慰他，好茶好饭送到他手上。下岗那年，父亲掏出自己积攒的两千元钱，帮他租了一间书报亭……

他抬起头迟疑地对老僧人说："可是……他、他是我的父亲呀！"

老僧问："父亲的恩惠就可以不算恩惠吗？"

这一问，像重锤敲击他的心灵。是呀，他真的从没把父爱当一回事儿，在他的心目中，父亲对儿子的恩惠似乎是天经地义的。他想起自己读初一时同父亲拌嘴负气出走的事。那天，他在街上游逛了一天，饿得眼冒金星，他向卖馍的街坊大伯讨了一个馍，居然感激涕零地说："我一辈子忘不了您的恩情……"父亲的养育之恩难道还不如一个馍？

老僧人说："孩子，学会感恩吧——一个连父恩都不记得的人，怎会记得苍天给你的雨露、大地给你的五谷？怎会记得朋友移到你头顶的伞、路人给你的笑容？还有小鸟对你的歌唱、微风给你的爱抚……"

他面红耳赤，惭愧地向老僧作一长揖，告辞而去。

被忽视的大恩人

赏析／田　间

看似平凡和理所当然的爱总是很容易被忽视。

我们常常感激别人对自己哪怕是一点点的好，并看作是别人对自己的恩惠；对于父亲平凡而无私的爱，却被视为理所当然。把感恩的心，献给对自己只有举手之劳的朋友或陌生人，却忽视了默默与自己共渡难关、倾其所有爱护自己的父亲。

老僧问得好：父亲的恩惠就可以不算恩惠吗？父亲是我们的大恩人，从你明白这个道理开始，用全部的爱去回报父亲吧。

一树槐香

守候雨季的大伞

　　父亲,像山一样伟岸正直。父亲是家庭的支柱,没有他,家就要散架。父亲奉献的不仅是物质,还有更深的父爱。这里向你介绍的父亲都是那么的可敬、可爱,帮你解读我们的父亲。父亲的形象大致可分为两类,一类是慈父,一类是严父。慈父,勤劳、善良、幽默、和善,对儿女的成长给予无私的奉献和关爱。

父爱的动作还有很多，而且每天都发生在我们的身边，让我们一边发现一边感动吧！

拐弯处的回头

●文/陈　果

一天，弟弟在郊游时脚被尖利的石头割破，到医院包扎后，几个同学送他回家。

在家附近的巷口，弟弟碰见了爸爸。于是他一边跷起扎了绷带的脚给爸爸看，一边哭丧着脸诉苦，满以为会收获一点同情与怜爱，不料爸爸并没有安慰他，只是简单交代了几句，便自己走了。

弟弟很伤心，很委屈，也很生气。他觉得爸爸一点也不关心他。在他大发牢骚时，有个同学笑着劝道："别生气，大部分老爹都是这样，其实他很爱你，只是不善于表达罢了。不信你看，等会儿你爸爸走到前面拐弯的地方，他一定会回头看你。"弟弟半信半疑，其他同学也很感兴趣。于是他们不约而同地停了脚步，站在那儿注视着爸爸远去的背影。

爸爸依然坚定地一步一步向前走去，好像没有什么东西会让他回头……可是当他走到拐弯处，就在他侧身拐弯的刹那，好像不经意似的悄悄回过头来，很快地瞟了弟弟他们一眼，然后才消失在拐弯处。

虽然这一切都只发生在一瞬间，但却打动了在场的所有人，弟弟的眼睛里还闪着泪花。当弟弟把这件事告诉我时，我有一种想哭的感觉。很久以来我都在寻找一个能代表父爱的动作，现在终于找到了，那就是——拐弯处的回头。这个动作写尽了父爱的要义。

震撼心灵的动作

赏析／阿　土

　　正如小说中弟弟的同学所说，很多人的父亲都并非不爱自己的孩子，只是不善于用语言表达，于是他们不约而同地选择了身体语言，用行动来表达自己的爱。在拐弯处回头，是父亲们的一个典型动作，在看似不经意的动作中，透露出了父亲对孩子的所有关怀和怜惜之情。

　　细微的动作因为饱含爱意，所以才有了感动人的力量，父爱的动作还有很多，而且每天都发生在我们的身边，让我们一边发现一边感动吧！

父亲为了保护儿子的眼睛，宁愿没路费回家也要给儿子买最好的台灯，这着实令人感动不已。

一起经营幸福

● 文/郝先生

我有个朋友在农学院开超市，那天我到他店里找他，忙得不亦乐乎的他见到我的第一句话竟是："阿坚，快帮我做会儿生意！"

确实是忙。要开学了，不断有新生家长们领着孩子，在店里买席子、挑蚊帐、选台灯……

我看到一对父子在那几款台灯前挑了好久，嘴里还小声地争论着什么，便主动迎了上去，问："请问喜欢哪种款式啊？"

那位父亲转过头看我，憨厚的脸上竟有些羞涩，一看就是位朴实的农民。他指着边上一只浅蓝色的带小闹钟的那款说："就、就要这种！"

我一看，价格牌上标着四十八元，是最贵的一种，便说："有眼力，这颜色清爽，又带钟，既美观又实用——我给你装到盒子里？"

"不要！不要！"旁边那孩子一下涨红了脸，拿着另一盏相对比较简易的红颜色的台灯说："我买这个。"我看到挂在旋钮上的标签上写着十八元。

哪知道他父亲居然跟他抢了起来，说："娃，爹买得起，咱买个好的，不伤眼睛，耐用……"硬是把那只淡蓝色的台灯拿到了我面前，憨憨地笑："我娃怕我没路费回家呢，我带得不少钱哩。"

他嘴里说着，从发旧的人造革手提包里掏出一个小布包，打开来有一摞钞票，叠得整整齐齐的，最下面是二十的，还有十块的，五块的,两块的,最上面还有十几张两角的,厚度蛮高,其实充其量也就二百来块钱。他喜滋滋地一张一张数钱给我,说:"我娃眼睛好使着呢,我要买个好台灯。"

我看着他数钱的粗糙的手,突然鼻子有些发酸,这是双和我老家农村那些父老乡亲一样的手,攥惯了锄头,点起钞票却是那么笨拙。他们的钱全是用辛勤的汗水换来的,来得是那么不容易,但如果他们的孩子上学有出息,他们会毫不犹豫把钱拿出来,孩子的成功就是他们一生的宏愿啊,为了孩子,天下的父母什么都舍得!

我小心地把那盏台灯装在纸盒里,郑重地递给那个腼腆的孩子,看着他的眼睛说:"好好利用它。好好用功。"

那孩子低下头,轻声说:"是,叔叔。"

我盯着这对父子走出很远。孩子捧宝似的拿着台灯在前面走,父亲拎着小包在后面颠颠地跟着,他们一起向宿舍楼走着,我想,这对憨厚朴实的农村父子,正一步步坚实地走向他们的理想……

父爱的另一个名字

赏析／李 茉

超市中父与子简短的对话,引出了父亲对儿子淳朴厚实的疼爱。父亲为了保护儿子的眼睛,宁愿没路费回家也要给儿子买最好的台灯,这着实令人感动不已。

父亲可能不知道如何用语言表达自己对儿子的爱,但他们对孩子无私的爱却在买台灯这样的细节中实实在在地表现出来,父亲选最好的台灯,就是他最浑厚的爱!

这位父亲是天下农民父亲的缩影,为了孩子将来有出息,他们无怨无悔地付出自己的辛勤和汗水,甘愿忍受各种艰苦的环境,隐瞒所有会令儿子担心的细节。父爱的另一个名字就叫做付出。

父亲有一天会变老，会变得眼花耳聋、记性减弱，当他们需要我们的重复时，我们没有任何理由不耐烦。

树上的那只鸟

●文/汪 析

夜晚，一位父亲和他的儿子在院子里散步。儿子已大学毕业，在外地工作，好不容易回一趟家。

父子俩坐在一棵大树下，父亲指着树枝上一只鸟问："儿子，那是什么？"

"一只乌鸦。"

"是什么？"父亲的耳朵近来有点背了。

"一只乌鸦。"儿子回答的声音比第一次大，他以为父亲刚才没听清楚。

"你说什么？"父亲又问道。

"是只乌鸦！"

"儿子，那是什么？"

"爸爸，那是只乌鸦，听到没有，是只乌——鸦！"儿子已经变得不耐烦了。

父亲听到儿子的回答后，没有说一句话。过了一会儿，他突然站起身，慢吞吞地走进屋里。几分钟后，父亲坐回到儿子身边，手里多了一个发黄的笔记本。

儿子好奇地看着父亲翻动着本子，他不知道那是他父亲的日记本，上面记载着父亲日常生活的点点滴滴。父亲翻到二十五年前的一页，然后开始读出声来：

"今天,我带着乖儿子到院子里走了走。我俩坐下后,儿子看见树枝上停着一只鸟,问我:'爸爸,那是什么呀?'我告诉他,那是只乌鸦。过了一会儿,儿子又问我那只鸟,我说那是只乌鸦……

"儿子反复地问那只鸟的名字,一共问了二十五次,每次我都耐心地重复一遍。很高兴能有这样的机会,我知道儿子很好奇,希望他能记住那只鸟的名字。"

当父亲读完这页日记后,儿子已经泪水盈眶了。"爸爸,你让我一下子懂得了许多,原谅我吧!"

父亲伸手紧紧抱住自己的儿子,布满皱纹的脸上有了一丝儿笑容。

重复的意义

赏析／寒 山

小说对比了父子俩两次关于鸟的问答,时间相隔二十五年,问问题的人互换了角色。父亲把同一个问题重复了四次,儿子就变得非常不耐烦;而二十五年前,父亲为了儿子能记住鸟的名字,儿子问了二十五次他仍然耐心作答。

正是父亲的耐心重复,才有孩子对世界、对生活的最初认识,孩子才懂得了最基本的道理。父亲耐心的重复还一直伴随着孩子的成长过程,从来没有因此而不耐烦。他们在一次次的重复中编织着对孩子的深情厚爱。

父亲有一天会变老,会变得眼花耳聋、记性减弱,当他们需要我们的重复时,我们没有任何理由不耐烦。

富商把不要太在意结果，不要为金钱和物质所累，尽情享受过程的道理，作为生命终结前的总结和给儿子的财富。

出人意料的遗嘱

● 文/刘燕敏

临终前，富商看到窗外有一群孩子在捉蜻蜓，就对他四个未成年的儿子说："你们到那儿给我捉几只蜻蜓来吧，我许多年没见过蜻蜓了。"

不一会儿，大儿子就带了一只蜻蜓回来。富商问："怎么这么快就捉了一只？"大儿子说："我用你给我的遥控赛车换的。"富商点点头。

又过了一会儿，二儿子也回来了，他带来了两只蜻蜓。富商问："你这么快就捉了两只蜻蜓？"二儿子说："不，我把你送给我的遥控赛车租给了一位小朋友，他给我三分钱，这两只是我用两分钱向另一位有蜻蜓的小朋友租来的。爸，你看这是那多出来的一分钱。"富商微笑着点点头。

不久老三也回来了，他带来十只蜻蜓。富翁问："你怎么捉了这么多蜻蜓？"三儿子说："我把你送给我的遥控赛车在广场上举起来，问：'谁愿玩赛车，愿玩的只需交一只蜻蜓就可以了。'爸，要不是怕你急，我至少可以收十八只蜻蜓。"富商拍了拍三儿子的头。

最后到来的是老四。他满头大汗，两手空空，衣服上沾满尘土。富商问："孩子，你怎么搞的？"四儿子说："我捉了半天，也没捉到一只，就在地上玩赛车，要不是见哥哥们都回来了，说不定我的赛车能撞上一只落在地上的蜻蜓。"富商笑了，笑得满眼是泪，他摸着四儿子挂满汗珠的脸蛋，把他搂在了怀里。

第二天,富商死了,他的孩子在床头发现一张小纸条,上面写着:"孩子,我并不需要蜻蜓,我需要的是你们捉蜻蜓的乐趣。"

享受捉蜻蜓的快乐

赏析/小 尘

那不但是一份出人意料的遗嘱,更是一份儿爱的叮咛。富商告诉儿子们,结果往往并不是最重要的,重要的是学会享受过程,找到其中的乐趣。念书要找到念书的乐趣,玩儿要找到玩儿的乐趣,工作要找到工作的乐趣,否则人生将失去大部分的意义,这也许是富商一生总结出来的生存智慧。

遗嘱就是把最重要的东西留给自己的后代,把最精辟的人生道理教会后人。富商把不要太在意结果,不要为金钱和物质所累,尽情享受过程的道理,作为生命终结前的总结和给儿子的财富。

富商是慷慨而无私的,因为他留下了所有的爱。

小说也告诉我们，不论如何父爱总会和我们相伴，永远都不会落空。

父亲的眼睛

● 文/阿 易

有一个男孩，他与父亲相依为命，父子感情特别深。

男孩喜欢橄榄球，虽然在球场上常常是板凳队员，但他的父亲仍然场场不落地前来观看，每次比赛都在看台上为儿子鼓劲。

整个中学时期，男孩没有误过一场训练或者比赛，但他仍然是一个板凳队员，而他的父亲也一直在鼓励着他。

当男孩进了大学，他参加了学校橄榄球队的选拔赛。能进入球队，哪怕是跑龙套他也愿意。人们都以为他不行，可这次他成功了——教练挑选了他是因为他永远都那么用心地训练，同时还不断给别的同伴打气。

但男孩在大学的球队里，还是一直没有上场的机会。转眼就快毕业了，这是男孩在学校球队的最后一个赛季了，一场大赛即将来临。

那天男孩小跑着来到训练场，教练递给他一封电报，男孩看完电报，突然变得死一般沉默。他拼命忍住哭泣，对教练说："我父亲今天早上去世了，我今天可以不参加训练吗？"教练温和地搂住男孩的肩膀，说："这一周你都可以不来，孩子，星期六的比赛也可以不来。"

星期六到了，那场球赛打得十分艰难。当比赛进行到四分之三的时候，男孩所在的队已经输了十分。就在这时，一个沉默的年轻人悄悄地跑进空无一人的更衣间,换上了他的球衣。当他跑上球场边线,教练和场外的队员们都惊异地看着这个满脸自信的队友。

"教练,请允许我上场,就今天。"男孩央求道。教练假装没有听见。今天的比赛太重要了,差不多可以决定本赛季的胜负,他当然没有理由让最差的队员上场。但是男孩不停地央求,教练终于让步了,觉得再不让他上场实在有点对不住这孩子了。"好吧,"教练说,"你上去吧。"

很快,这个身材瘦小、籍籍无名、从未上过场的球员,在场上奔跑,过人,拦住对方带球的队员,简直就像球星一样。他所在的球队开始转败为胜,很快比分打成了平局。就在比赛结束前的几秒钟,男孩一路狂奔冲向底线,得分!赢了!男孩的队友们高高地把他抛起来,看台上球迷的欢呼声如山洪暴发!

当看台上的人们渐渐走空,队员们沐浴过后一一离开了更衣间,教练注意到,男孩安静地独自一人坐在球场的一角。教练走近他,说:"孩子,我简直不能相信,你简直是个奇迹!告诉我你是怎么做到的?"

男孩看着教练,泪水盈满了他的眼睛。他说:"你知道我父亲去世了,但是你知道吗? 我父亲根本就看不见,他是瞎的!"

"父亲在天上,他第一次能真正地看见我比赛了! 所以我想让他知道,我能行!"

爱,永不落空

赏析/小 奇

　　盲眼的父亲知道儿子喜欢橄榄球,一直鼓励儿子,虽然儿子并不是很优秀,常常不能上场参赛,他仍然每场必到,即便无法看到儿子跑动的身影,但他还是依然用心支持着儿子的梦想,用行动告诉儿子在他心目中儿子是最棒的。

　　父亲雷打不动的信任和支持,即使他去世了,也让儿子感受到他的支持,相信他在天上关注着比赛,从而有上场的决心,有创造奇迹的可能。

　　小说也告诉我们,不论如何父爱总会和我们相伴,永远都不会落空。

在父爱的推动下,能让所有不可思议的事变得可能。

你必须有一样是出色的

● 文/潘 炫

在德国一个小火车站,一个扳道工正走向自己的岗位,去为一辆徐徐而来的列车扳动道岔。这时在铁轨的另一头,还有一辆火车从相反的方向驶近车站。假如他不及时扳道岔,两列火车必定相撞,造成无可估量的灾难。这时,他无意间回过头,发现自己的儿子正在铁轨那一端玩耍,而那辆开始进站的火车就驶在这条铁轨上。

抢救儿子,或挽救一场灾难?他可以选择的时间太少了。那一刻,他威严地朝儿子喊了一声:"卧倒!"同时,冲过去扳动了道岔。

一眨眼的工夫,这列火车进入了预定的铁轨。

那一边,火车也呼啸而过。车上的旅客丝毫不知道,他们的生命曾经千钧一发,他们也丝毫不知道,一个小生命卧倒在铁轨上——火车轰鸣着驶过的铁轨上,丝毫未伤。

人们猜测,那个扳道工一定是一个非常优秀的人。

后来,人们才渐渐知道,扳道工并没有什么出色的。许多记者在进一步的采访中了解到,他惟一的优点就是忠于职守,从没有迟到、早退、旷工或误工过一秒钟。这个消息几乎震住了每一个人,而更让人意想不到的是,他的儿子是一个弱智儿童。

他告诉记者,他曾一遍一遍地告诫儿子说:"你长大以后能干的工作太少了,你必须有一样是出色的。"儿子听不懂父亲的话,依然傻乎乎的,但在生命攸关的那一秒钟,他却"卧倒"了——这是他在跟父亲玩打仗游戏时惟一听懂并做得最出色的动作。

爱的推动力

赏析／阿　土

扳道工是一个出色的员工,也绝对是一个出色的父亲,他知道弱智的儿子长大后能干的工作不会太多, 但他却没有放弃对儿子的培养,他要让儿子在某一方面最出色。在和儿子玩游戏的过程中,父亲让儿子学会了卧倒的动作,并在关键时刻成功自救。

使一个听不懂道理的弱智儿子学会一个简单的动作, 是一件艰难的事,扳道工果断地把火车导向预定的轨道,不但是出于对儿子的信任,也是一种坚定的自信,小说最后的一段话让我们清晰地看到了父亲对培养儿子付出的努力和对儿子无尽的爱意。

在爱的推动下,能让所有不可思议的事变得可能。

父亲是孩子的第一位老师，父爱是最有说服力的教育方式。

父亲的纸条

●文/佚 名

小学三年级时，我迷上了小人书。我还用滑石刻了一枚印章，在每本小人书的扉页上盖上自己红红的名字。每天放学后，都会有一大群小伙伴簇拥在我身边，眼中满是羡慕的光芒。为此，我投入了极大的热情和精力，像经营一项事业一样，一本一本地攒着。

那时，家境并不宽裕。尽管父亲在一家乡镇小工厂当厂长，但一个月三十几块钱工资也仅够维持家用。父亲也从来没有想到给我零花钱。每每在书店里看见新出版的小人书，花花绿绿的封面，撩拨得我心奇痒难耐，但也干着急没办法。

一天晚上，父亲喝了酒回来，早早上炕睡了。他的上衣挂在外间的墙上。我突然产生一种莫名的冲动，摸黑蹑手蹑脚到外间，压抑住怦怦的心跳，颤抖的手伸向父亲鼓鼓的上衣口袋，慌乱中凭感觉抽出一张钱，做贼般回到房间，用被子把全身蒙起来，心跳得很厉害。那是一张很新的五角票子，我把它掖在炕席上，翻来覆去一宿都没睡好。第二天一整天都是在忐忑不安中度过的，直到吃晚饭时，见父亲没有觉察的迹象，才放下心来。过了两天，我到书店把那本期盼已久的《真假美猴王》买了回来，心里甭提有多高兴了。

从那以后，我经常趁父亲不注意，从他的口袋里拿钱，有时一角，有时两角，尽量让父亲觉察不出来。看着自己喜爱的小人书一本本盖上了红红的印章，我天天都沉浸在一种巨大的幸福中，以至于有几次父亲眼中掠过几丝异样的光芒,我都没在意,心里眼里全是小人书的影子。

一个星期天,父亲歇班,早饭后和母亲扛着锄头到地里去了。像往常一样,他的上衣挂在墙上。我在家中做作业,估摸着父亲走远了,又一次把手伸进父亲的口袋。但这一次里面一分钱也没有,我只摸出了一张薄薄的纸条,当无意中看到上面的一行铅笔字时,我一下子惊呆了。纸条上写的是"如果要用钱,跟我说一声。"我的头嗡一声大了,只觉得天旋地转,立时冒出一身虚汗。那个上午,我真的感到了什么叫度日如年,就像热锅上的蚂蚁,坐也不是,站也不是,有些怕,有些愧,有些悔,又有些担心——父亲会怎么看我呢?

父亲回来后,我躲在房间里,大气儿也不敢出,我觉得真是无颜见爹娘。吃饭时,我满面羞红坐在饭桌前,眼泪一直在眼眶里打转。但奇怪的是,父亲像什么都不知道一样,跟母亲说些地里的话题,还问我作业完成没有。饭后,刚回到房间,我的眼泪终于不争气地淌了出来。

从那以后,我再也没有拿过别人的东西,父亲也如从前一样爱我,并且开始隔一段日子给我零花钱了。父亲只字未提那张纸条的事情。二十多年过去了,那张纸条一直珍藏在我心灵的一隅,沉甸甸的。每每在做一些违心的事,或者说一些违心的话时,它就会从记忆的深处浮现上来,让我扪心自问:"这样做合适吗?"从而不断修正自己的人生追求和做人准则。

可以说,我真正学会做人是从父亲的那张纸条开始的。

爱最有说服力

赏析／阿 土

父亲是孩子的第一位老师,父亲的教育是孩子成长的关键因素,对儿子具有深远的影响。

小说中父亲用委婉的方式告诉儿子,偷是一种不良的行为,即使偷的对象是自己的父亲。做人要光明磊落。他及时调整自己的教育方法, 开始给孩子零花钱, 父亲的每一步都充满着对儿子的关心和保护:既让儿子改掉了坏习惯,又让儿子没有任何的精神负担。

父亲没有选择责骂或处罚的方式教育儿子,而是用体谅、理解和关心把儿子从弯路上拉回了正道。

看来爱是最有说服力的教育方式。

所以当我们的父爱还在家的时候，好好享受，好好珍惜。

那个人，像我爸爸

● 文/彭　妤

　　你手提包里的钱少了三十块，手提包是放在床头柜上的。

　　不会是儿子拿的，儿子八岁了，还从没乱动过你的东西。可家里没来过外人——是儿子有急用？

　　开门的声音，是儿子。

　　你走出卧室，儿子满头是汗，喘着粗气站在门口了。

　　"踢球了？"你把儿子往洗澡间拉，"你……拿了妈妈手提包里的钱吗？"话一出口你就后悔了。

　　你看见儿子把手紧紧背起来。你过去扳儿子的肩膀，看见了他手里的纸袋子。

　　"是什么？能给妈妈看吗？"你已经猜到儿子用钱买了东西。

　　儿子低着头，不动。

　　"怎么啦，妈妈还不能看？"

　　儿子还是不动，你看见他咬了咬嘴唇。

　　"拿来。"你鼓足劲吼了一声，你的声音有些发颤。

　　儿子抬起头，像只受了惊吓的小兔子，怯怯地把纸袋递过来，又低下了头。

　　挺沉的。你把纸袋倒拎着往地板上倒——是一大堆小变形金刚，有二三十个吧。

　　你挺火的："你干嘛？不是刚刚给你买了一个四百多的大变形金

刚吗?这会儿你又喜欢小的了,要这么多你吃呀。你怎么不让人省心啊,妈妈容易吗?"你说着就流泪了。

儿子也呜呜地哭起来:"那个卖变形金刚的叔叔像我爸爸。"

你只能呆呆看着儿子了——儿子是在照片上认识爸爸的,他半岁时,他爸爸就……

你转过身去看墙,墙上有你和丈夫的结婚照,你的记忆就让它拽回到九年前了。

那时候,初为人妻的你,决心要做一个贤妻良母,你每天抢着买菜做饭。有一个月你每天都买回两三条鱼,吃不完就送给邻居亲戚。有一天,丈夫突然不高兴了:"你有完没完呀,当你老公是猫啦……我都腻了。"

你轻轻走过去,捶了他一拳,没张口泪就下来了。"那卖鱼的大爷像我爸爸。"说完就伏在丈夫肩上嘤嘤地哭——你高中住校,一个雨天,爸爸去接你,栽进了水塘……

丈夫就紧紧搂着你,摩挲你长长的头发。

"妈妈,您打我吧,我再也不敢了。"儿子在哭,但没出声。

"怪妈妈……"你也像丈夫那样搂紧了儿子,抚摸他的头。

当父爱不在家

赏析／老 幺

母亲天天买鱼，儿子买一大堆变形金刚，都是因为卖鱼或卖变形金刚的人像自己的父亲，使他们有一种自然的亲近欲望，想从中找到父亲的影子，寻找父爱的感觉，他们对父爱的渴望之情自然地流露了出来。

同样的情形，惊人地再现，这说明爱是有共通性的。从另一个角度讲，母子的表现，反映出父亲在家庭和孩子成长过程中的不可替代作用。我们常听到这样一句话：拥有的时候没有好好珍惜，等到失去之后才发现有多珍贵。所以当我们的父爱还在家的时候，好好享受，好好珍惜。

再贫贱的父亲都有最高贵的爱，小说中的父亲为我们证明了这个事实。

五万元的父爱

●文/赵丰华

要不是父亲捎信，说病危要见儿子最后一面，志刚是不会回来的。

那条幽深的小巷，青苔比以前更多了。两边土木结构的房屋，破败不堪。路边张贴着拆迁告示。志刚知道不久这片老房子就会从这个小镇上消失。

这些低矮的房子，早该消失了，志刚心里想。

志刚小时候，跟着一瘸一拐的父亲，背着竹篓，穿行在这低矮房子间的巷道里……父亲是捡破烂的。

"爸，这儿有烟盒子……哈！这儿还有个酒瓶子！"志刚的手脚总比父亲利落。爷儿俩欢快的笑声，在窄窄的小巷中荡漾。

在志刚的记忆里，父亲总是脏兮兮的。父亲有时候也讲卫生，志刚的杯子要用沸水烫过，吃饭前要志刚用肥皂洗手……

志刚上学了。父亲每天上午把志刚送到校门口。父亲目送志刚进了学校，便拿出一只大口袋，把同学们提出来的垃圾装进去。父亲装满一袋就吃力地扛到垃圾堆边，把纸片一张张拣出来……

"喂！志刚，校门口那个收垃圾的是你爸？"

志刚与父亲的话越来越少。每天上学，志刚跑在父亲前头，把父亲远远地甩在身后。父亲一颠一颠地紧走慢赶，累得气喘吁吁。

日子一久，父亲好像懂了些什么，不再和志刚一道出门。

志刚长大了，一遍遍地问：

"爸，我的亲爹娘是谁？他们为什么要把我交给你！"

父亲沉默。志刚就砸碗扔盘子，然后一甩门跑了出去……

志刚赌气不回家。父亲沙哑的声音穿透重重暮霭，一声声撼动志刚的耳膜。志刚在父亲的呼唤声中，一步步向那个堆满垃圾的家走回去。

"娃，你认命吧！等你有出息了……我会把一切告诉你的。"

转眼，志刚初中毕业了。

"爸！我要出去打工了，你给我凑点路费吧！"

父亲拿出一叠钞票，交给了志刚。父亲的眼圈红红的，嘴角抽搐了几下，却没有吐出一个字来。

志刚走的头一天晚上，父亲买了几斤猪肉，做了许多菜……志刚从小到大，还没吃过这么丰盛的饭菜。

那晚，父亲一夜都在为志刚拾掇包袱。父亲几次走到志刚的床前坐下来，静静地看着躺在床上的志刚……

这些年，志刚在外面颠沛流离，他抱怨自己的身世！夜里，志刚常常捶胸顿足，诅咒上苍的不公平！

志刚又走在这条熟悉的巷道上，他急于想知道自己的身世之谜。

志刚推开虚掩的房门。黑魃魃的屋子，静得怕人。志刚径直向墙角的那张床走去。

"刚儿，你……你回来了！"

父亲挣扎着要坐起来，志刚忙躬身扶起父亲。

父亲颤抖的手在枕头下面摸出一个小包来，他从小包里取出一张照片递给志刚。

照片上，是一个垃圾场，好大的一个垃圾场！垃圾堆成的小山丘上，有一个两三岁的小男孩。小男孩举起一块小石头，正要向成群的苍蝇砸去。旁边有一个窝棚，窝棚上正袅起白色的炊烟。远处是林立的高楼，车水马龙的声音好像正从高楼那边隐隐地传来……

"刚儿，照片上的孩子就是你！你的父母原本是生意人，只可惜染上了毒瘾,几十万的资产都快耗尽了……他们求我收养你,给了我一个存折,要我带上你走得远远的。这个窝棚原本是我搭的,我带着你走后,你父母就住进了里面……你父母说存折上的钱,是他们最后的积蓄了,如果不交给我,他们会花光的……存折上的钱,我一分都没用……"

志刚接过存折一看,上面赫然写着"伍万元整"。

"爸,我……我对不起您!"志刚的眼泪夺眶而出。父亲微笑着又躺下去了,呼吸开始变得急促。

志刚慌忙背起父亲,冲出这片低矮的房子,向镇医院跑去……阳光洒在爷儿俩身上,闪耀着金色的光芒。

父爱无贵贱

赏析／漏斗沙

这是发生在一对没有血缘关系的父子之间的感人故事。

残疾的父亲,以拾垃圾为业,却给了志刚最完整、最丰厚的爱:含辛茹苦地把不是亲生儿子的志刚养大成人,宽容志刚的鄙视和误解,把志刚生父留下的钱一分不少地交还志刚。

很多人都曾抱怨过自己没有出生在富贵人家,没有太好的成长条件,因此而自卑,还因此看不起父亲。他们并不知道,最重要的不是父亲能给自己提供的物质,而是他们对自己的爱这个道理,父爱是不分贫富贵贱的,爱孩子是每一个父亲的天性。

再贫贱的父亲都有最高贵的爱,小说中的父亲为我们证明了这个事实。

用心倾听吧，那都是父亲的爱啊！

五元钱的故事

● 文/李丛峰

五元钱能够干什么？那一天我突然问自己。我四岁的女儿听见了，大声地说可以买两支冰淇淋。我什么也说不出来，我想起了父亲和五元钱的故事。

那一年父亲上完小学，并以优秀的成绩考取了县一中。正当他满怀希望地迎接新学年到来的时候，我爷爷对他说，别上了，在家里割草吧。父亲的梦一下子被打碎了，他整日地哭泣，并拒绝干任何事情。爷爷没有办法，最后说，你自己挣够学费，你就上。

学费是五元，对今天的孩子来说只是两支冰淇淋的价格，但对三十年前的父亲来说是一笔不小的数目。爷爷说这句话其实压根儿就没想让父亲去上学。

父亲沉默了好多天。最后他拿起镰刀，第一次向命运挑战。他冒着盛夏的酷热，钻进田间地头给生产队割青草，有时两天下来割的青草捆起来比他人还高，足有一百多斤。一百斤青草，生产队结算五个工分。那二年一个工分大约合五分钱，这样父亲最多的一天能挣到二角五分钱了，二十多天就能挣够五元钱。他一遍又一遍地计算着，仿佛一个登山者不断地抬头看着距离山顶的路。最后，父亲离自己的目标只有一步之遥了，再割一百斤青草，就凑够五元钱了。

那一天早上父亲起得特别早，他激动地走在田间小道上，仿佛看到了自己已身处课堂。那一天特别炎热，但父亲已顾不得了，拼命地割着草。汗水湿透了他的衣服,最后他感到头晕脑胀,迷迷糊糊举起镰刀一下子割在了自己腿上,血从他的腿上流出,他倒在了地上。等他从病床上爬起来的时候,县一中已开学半个多月了。而爷爷也说,为了给他治腿伤,花了十几块钱,学上不成了。

在我的记忆中,每当我跟父亲要钱的时候,他从来没有说过不给。甚至在外求学时,我想喂一喂肚子里的馋虫却说谎要订复习资料的时候,父亲也从未问我什么,而是东借西借也把钱如数寄来。直到有一天,父亲给我讲了五元钱的故事,我后悔地跑到校外树林里,把头撞到一棵小树上,让疼痛减轻我内心的愧疚。从那时起,在校期间我便再也没有吃过食堂以外的任何食品了。

我感谢父亲给我讲的故事,让我再告诉我的女儿吧,也许长大了她会说五元钱能做很多事情,甚至,能改变一个人的一生。

延续爱的道理

赏析/可 可

五元钱改变了父亲的一生,父亲用它改正了儿子的坏习惯,儿子也将用它教育女儿,我们看到了爱的道理在延续。

父亲作为孩子人生的第一个导师,他总是用自己的对生活的感悟教育孩子,父亲所讲述的每一个道理,都含有父亲对孩子最深的爱:他们走过的平坦的路,他们希望孩子走得更舒畅,他们走过的坎坷路、弯路,他们希望孩子不要再走;他们经历过的幸福,他们希望孩子成倍的感受;他们经历的苦难,不希望在孩子身上重演。

父亲讲道理有时会让孩子觉得啰嗦而不用心听,等到吃亏了才明白其中的道理。用心倾听吧,那都是父亲的爱啊!

真实的父亲总是在你的背后出现。

父亲所忘记的

●文/[美]雷米特

　　当我说这些话时,你已熟睡。你的小手压在你的腮下,金色的头发贴在汗湿的前额。

　　那是几分钟前,我在书房看报时,突然有一股强烈的悔意激荡着我的心,使我无法抗拒,故而我自咎地来到你的床前。

　　孩子,我独自反省的结果是:我一向对你太苛刻了。

　　你早晨穿衣上学的时候,只用毛巾擦了下脸,我就要责备你;你没有把鞋擦干净,我也骂你;当你抛东西在地板上时,我还大声斥责你。

　　吃早餐时,我也挑剔你的错:你溅洒了东西,你吞得太快,你把肘放在桌上……

　　在你玩耍的时候,我正准备赶火车,你转过身来向我挥手说:"爸爸,再见!"我又会不耐烦地对你说:"回家去!"

　　午后所有的情形又要重演了。

　　我从外面回来,发现你跪在地上弹石子,你的袜子有一个一个的破洞。我当着其他小朋友的面羞辱你,要你马上跟我回家。还说:"买袜子是要花钱的,如果你自己赚钱买的话,才知道得特别小心。"——孩子,你想想,这该是你父亲说的话吗?

　　后来我在书房看报时,你畏怯地走了进来,眼里含着伤痛的眼神。当我抬头看到你,又觉得你是来搅扰我。你站在门外踌躇着。我禁不住怒喝道:"你想干什么?"

你没有开口,突然跑过来投进我怀里,用你的手臂搂住我的颈项吻我。你的小手紧紧地搂着我,充满了浓浓的热情。

这种深切的真情,是上帝栽种在你心里的。你是一朵美丽的花朵,纵然被人忽略了,但你心间的花朵却是永远不会枯萎凋零的。

你吻了我后,就离开我跑上楼去。

孩子,你走后不久,报纸从我手中滑落。忽然有一种可怕的恐惧袭击了我:整天地责骂你,憎厌你,吹毛求疵地挑你的错——这难道就是我给还是孩子的你的报酬吗?孩子,父亲不是不爱你,不喜欢你,只是因为我对你这小小年纪的人期望太高了,我是在用自己年龄的量度来衡量你。

事实上,你的品性中有很多纯真的优点,你那小小的心灵就像晨曦中的一线曙光……这可以从你突然跑进来吻我,向我道晚安的真情上表现出来。

孩子,在这静寂的夜晚,我突然地来到你的房间,惭愧不安地向你忏悔。我知道倘若你没有睡去,我把这些话向你诉说,以你幼稚的灵魂是不会理解的。但明天我必定要做一个真正的好父亲。

你哭我也哭,你痛苦时我也痛苦。

当我沉不住气要出恶言骂你时,我就咬住舌头止住不说。我会对自己不断地说:"是的,他还只是个孩子……一个幼小的孩子。"

我恐怕自己会把你当作成年人看待。然而,孩子,现在看看你安详地酣睡在你的小床上,我明白过来了,你还是个孩子。

白天,你躺在你母亲的怀里,把头偎在母亲的肩上。是的,你还是个需要慈母爱抚的孩子,我对你的要求实在太高,太高了。

真实的父亲总在你的背后

●文／陈　默

　　这是一位父亲对儿子的忏悔心语,他道出了所有父亲的心声。

　　每一位父亲对自己的子女都寄予很高的期望,正所谓"望子成龙,望女成凤",所以他们很容易用自己的年龄来要求孩子,从而让孩子觉得他们很苛刻,不通情理,很不可理喻,对自己的父亲又恨又怕。

　　威严只是父亲的表面,父亲与孩子是心相连的,他们与孩子是感同身受的,只是他们不会在孩子面前表露出来,只会在你熟睡的时候在你的床前轻轻诉说他们对你的爱。

　　真实的父亲总是在你的背后出现。

在父亲眼里,只要与儿子有关的事,都是大事,他们习惯地把对儿子的爱扩展到与儿子有关的一切,因为儿子就是他们的一切。

小 老 鼠

● 文/戴 涛

你来啦!

不知跟你说过多少回了,走路就要有个走相,干吗老是贴着墙脚走,进来就安安静静地呆一会吧,这么不停地在房间里转圈,头晕不晕?

嗅什么,一定是肚子饿了?自己找东西吃去,就在桌子上,看你怎么拿,聪明,先爬到椅子上,再爬到桌子上,哟,小心。

对,烟是不能抽的,茶也不能喝,喝了睡不着,豆奶粉能吃。怎么,想吃又不敢吃,你准是又想起那件不愉快的事了……

那是我不好,可我也是"急中生智"呀,你想,那时你六个月,你妈又要去上夜班,你没有奶吃,当然就哭了,你一哭我赶紧冲豆奶粉给你吃,可你吃了满满一奶瓶才过十分钟,张开小嘴又要吃,我马上再冲给你吃,可还没等我闭上眼睛,你又哭了,哭得我又急又乱,干脆把大半袋豆奶粉全冲了,这下可好,你一声不吭睡了一晚上,可到了第二天你怎么还不想吃,这可把你妈吓坏了,急忙送你去医院,医生说是消化不良,唉,你妈明白了是怎么一回事,把我好一顿骂哟。

Sorry,儿子。

吃吧,慢慢地吃,不要噎着。我可困了……

咚咚咚,烦人的敲门声。一定又是打扫宿舍楼的老金头,每天这时候,他扫地扫到我宿舍门口,总要敲几下门,他是好心,怕我睡过了头。今天老金头干吗敲个不停，我赶紧穿了衣服去开门，老金头见了我就指指地上说，你说有趣不有趣，这小家伙在你门口转圈跳舞，我脚踩过去，他也不逃跑……

是你踩死他的？

你怎么了？老金头一定是发觉我的脸很可怕。

你！

我真想也踩老金头几下，我拔脚跑到办公室，拨通了家里的电话，接电话的正是我的儿子。

儿子，你怎么样了？

爸爸，我正要上学去。

儿子，没有人踩你吧？

爸爸，您说什么呀，我听不明白。

儿子，你可要小心，爸爸明天就回来。我使劲对着电话听筒叫喊。

第二天我回到家里，儿子迎上来问我，爸爸，您怎么提早一天回家了。

爸爸想你，还想送你一件礼物。

哇，这么大一只长毛绒老鼠，要好多钱吧？爸爸，每次您都是在我生日的时候送我老鼠的，今天不是我生日，为什么也要送老鼠给我呀？

不为什么，爸爸想送只老鼠给你。

事 关 儿 子

赏析／李 茉

　　一个孤单的父亲对着一只小老鼠自言自语，言语中满是爱的关怀和叮咛，原来是因为儿子生肖属鼠，所以他"爱子及鼠"，完全把小老鼠想像成儿子，表达自己的思念。当小老鼠被老金头踩死后，他表现得非常气愤和难过，还由小老鼠想到自己的儿子，害怕儿子像小老鼠那样被人踩，打了电话还不放心，还提前一天回去看儿子，这样才放心。

　　在父亲眼里，只要与儿子有关的事，都是大事，他们习惯地把对儿子的爱扩展到与儿子有关的一切，因为儿子就是他们的一切。

父爱之所以伟大就在于它的宽广和纯粹无私。

你懂得什么叫父亲吗

● 文/佚 名

一个乡下老汉,他的儿子因为与人发生口角,被人打了。儿子的伤势很重,送到医院后,一直处于昏迷状态。这可是他惟一的儿子啊,老汉寸步不离地守在儿子的身边,终日以泪洗面,心急如焚。他恨不得将凶手抓到面前来,生撕了。

三日三夜的紧张抢救之后,儿子总算悠悠地醒过来。但就在这时,派出所那边传来消息,凶手逃跑了,没能抓住。

想想儿子险些丧生,再看看儿子浑身触目惊心的伤痕,老汉愤怒了,他说,凶手就是逃到天边,他也要抓回来,让凶手伏法。

老汉开始追寻凶手,他四处打听,百般奔波,最终,功夫不负有心人,半个月后,他打听到了凶手藏匿的地方。于是通知了派出所,与警察一起去抓。但凶手实在是太机敏了,居然从警察的合围之中逃脱了。这时,警察一路追赶凶手,老汉留了个心眼,他一个人抄近路到前面去拦截。

在一条宽阔的河边,老汉终于拦住了凶手。凶手见只有老汉一个人,就一拳砸倒老汉,向河对岸跑去。

此时正是隆冬季节,河面上的冰层厚可逾尺,足以任人在上面奔跑。但惊慌失措的凶手忽视了致命的一点,那就是喜钓者在冰上凿了好些窟窿,用以钓鱼。慌不择路的凶手在奔逃中,一头扎进了冰窟窿,瞬间便无影无踪。

看到这一情景,老汉显然也被吓呆了,但他略一迟疑,还是跳下冰窟窿,去救那个凶手。

当警察赶到时,老汉刚刚将那个凶手拖出冰面,而老汉浑身均已湿透,冻得嘴唇乌紫,瑟瑟发抖。

经过这一冻,老汉病倒了,整整卧床一个月。

一时间,这件事在当地传开了,人们议论纷纷,说什么的都有。有的说,这老汉刚烈;有的说,这老汉善良。而说得最多的,是说这老汉糊涂。你拼命抓凶手是为了什么?不还是为儿子报仇吗?凶手掉进冰窟窿淹死才好呢,你居然冒着生命危险去救?救自己的仇人?值得吗?这不是糊涂蛋又是什么?

当地的电视台也听说了这件事,于是派了个采访组去采访他。镜头里的老汉斜躺在病床上,满脸病容。记者问他:"是什么力量促使你一连奔波半个月,誓死也要抓住凶手呢?"

老汉说:"我是父亲啊。"

记者又问:"那,为什么凶手落水后,你又要救凶手呢?难道你不恨凶手吗?"

老汉还是说:"我是父亲啊。"

所有的人都以为老汉出了毛病,因为,他答非所问。

记者也不懂了,一时间,有了空白的间歇。然后,记者费尽口舌,不断提问,想弄清楚老汉真实的想法。

而老汉的想法如此简单,他说:"我的儿子差点就没了,他在医院三日三夜没有苏醒的那段时间里,你能体会得到,一个父亲心中是怎样的滋味吗?凶手也是人呀,也是爹妈生父母养的,他犯的也不是死罪呀,他要是死了,他的父母心中,又是什么滋味?"

简短的话,将看到这个节目的人都感动了,人们也才真正明白了这个老汉的举动的含义。他抓凶手,是因为他是父亲,他爱他的儿子,他要让害他儿子的人受法律制裁。他救凶手,也是因为他是父亲,他懂得,失去儿子对父亲来说是多大的打击和痛苦。

生命是宝贵的,哪怕是一个罪犯,生命也值得怜惜。爱,是能够互通的，真正富有爱心的人，自己尝过的痛苦，就不忍再让别人品尝。这与法与理无关，关乎的是父亲的称谓和父亲的柔情。

站在爱的高处

赏析／田　间

老汉到处奔波抓凶报仇，因为凶手伤害了儿子，一个父亲不会容忍别人伤害自己的孩子；但凶手掉进冰窟窿时，他又冒着生命危险把凶手救起，此时凶手只是一个可怜的孩子，一个父亲不会眼睁睁看着一个孩子的生命消逝。

其实，老汉的行为并不矛盾，他站在了父爱的高度，所以他能打破爱的界限，情不自禁地露出一个父亲保护孩子的本能。

父爱之所以伟大就在于它的宽广和纯粹无私。

松涛阵阵

守候雨季的大伞

父亲是伟大的,是坚强的。严酷的现实常常扭曲了父亲的情感,沉重的负担常常压得父亲喘不过气来。天灾人祸,狂风暴雨都被父亲征服了,是他用点点血汗,以透支的生命为儿女们开出了一条成功之路,也给自己带来无尽的欢乐。

父爱有时宽广得让人不可思议。

永不缩回双手的父亲

● 文/叶倾城

很久很久以前，中原一户农家有个顽劣的子弟，读书不成，反把老师的胡子一根根都拔下来，种田也不成，一时兴起，把家里的麦田都砍得七零八落。每天只跟着狐朋狗友打架惹事，偷鸡摸狗。

他的父亲，一位忠厚的庄稼人，忍不住呵斥了他几句，儿子不服，反而破口大骂，父亲不得已，拎起菜刀吓唬他，没想到儿子冲过来抢过刀子，一刀挥去。老人捧着受伤的右手倒在地上，鲜血淋漓，痛苦地呻吟着。而铸成大祸的儿子，竟连看都不看一眼，扬长而去。从此生死不知。

正是乱世，不知怎的，儿子再回来的时候，已是将军了。起豪宅，置美妾，多少算有身份的人，要讲点面子，遂也把老父安置在后院，却一直冷漠，开口闭口"老狗奴"，自己夜夜笙歌，父亲连想要一口水喝，也得自己用残缺的手掌拎着水桶去井边。邻人都道："这种逆子，雷怎么不劈了他？"许是真有报应这回事吧。一夜，将军的仇家寻仇而来，直杀入内室，大宅里，那么多的幕僚、护卫、客人，逃得光光的，眼看将军就要死在刀光之下。突然，一个老人从后院冲了进来，用惟一的、完好的左手死死地握住了刀刃，他的苍苍白发，他不顾命的悍猛连刺客都惊呆了，他便趁这一刻的间隙大喊："儿啊，快跑，快跑……"

自此，老人双手俱废。

三天后，逃亡的儿子回来了。他径直走到三天不眠不休、翘首企盼的父亲面前,深深地叩下头去,含泪叫了一声:"爹——"

一刀为他,另一刀还是为他,只因他是,他的儿子。

永不缩回的爱

赏析／东　面

　　父爱有时宽广得让人不可思议。父亲能忍受儿子的不孝不敬,被儿子砍伤虐待都不记仇,在关键时刻还挺身而出救儿子,情愿用身体受伤甚至生命作为代价来唤醒误入歧途的儿子。

　　父亲保护下一代的责任和本能,令他从来不计较任何东西,没有原则地去爱自己的儿子,只要儿子不至于受到任何伤害,他们愿意承受任何的压力,所以我们更不能因为自己让父亲受伤。

父亲就是这样，用爱指引我们的人生。

你是胡萝卜，是鸡蛋，还是咖啡豆？

● 文/莫小米

　　女儿对父亲抱怨她的生活，抱怨事事都那么艰难。她已厌倦抗争和奋斗，她不知该如何应付生活，想要自暴自弃了。

　　她的父亲是位厨师，他把她带进厨房。他先往三只锅里倒入一些水，然后把它们放在旺火上烧。不久，水烧开了。他往一只锅里放些胡萝卜，第二只锅里放入鸡蛋，最后一只锅里放入碾成粉状的咖啡豆。他将它们浸入开水中煮，一句话也没说。

　　女儿咂咂嘴，不耐烦地等待着，纳闷父亲在做什么。大约二十分钟后，他把火闭了，把胡萝卜捞出来放入一个碗内，把鸡蛋放入一个碗内，然后又把咖啡舀到一个杯子里。做完这些后，他才转过身问女儿，"亲爱的，你看见什么了？""胡萝卜，鸡蛋，咖啡。"她回答。

　　他让她靠近些并让她用手摸摸胡萝卜，她摸了摸，注意到它们变软了。父亲又让女儿拿了一只鸡蛋并打破它，将壳剥掉后，她看到了是只煮熟的鸡蛋。最后，他让她啜饮咖啡，品尝到香浓的咖啡，女儿笑了。她怯声问道："父亲，这意味着什么？"

　　他解释说，这三样东西面临同样的逆境——煮沸的开水，但其反应各不相同。胡萝卜入锅之前是强壮的，结实的，毫不示弱的，但进入开水后，它变软了，变弱了。鸡蛋原来是易碎的，它薄薄的外壳保护着它呈液体的内脏，但是经开水一煮，它的内脏变硬了。而粉状的咖啡豆则很独特，进入沸水后，它们倒改变了水。跟水溶为一体，并且散发出浓浓的香味。"哪个是你呢？"他问女儿，"当逆境找上门来时，你该如何反应？你是胡萝卜，是鸡蛋，还是咖啡豆？"

你呢，我的朋友，你是看似强硬，但遭遇痛苦和逆境后畏缩了，变软弱了，失去了力量的胡萝卜呢？还是内心原本可塑的鸡蛋，你的外壳看似从前，但因有了坚硬的性格和内心而变得严厉强硬了？或者你像是咖啡豆吗？豆子改变了给它带来痛苦的开水，并在它达到滚烫的高温时让它散发出最佳香味。如果你像咖啡豆，你会在情况最糟时，变得更有出息了，并使周围的情况变好。

问问自己是如何对付逆境的。你是胡萝卜，是鸡蛋，还是咖啡豆？

用爱指引人生

赏析／阿　土

我倒觉得胡萝卜、鸡蛋和咖啡豆恰好可以很好的形容父爱：父亲表面看来像胡萝卜一样坚硬，实际上却如鸡蛋，内心温柔如水，当你逐渐长大，才发现父爱像咖啡豆，越煮越浓香。

而小说中父亲通过煮胡萝卜、鸡蛋和咖啡豆，来跟女儿讲解人在面对逆境的时候应该采取的态度，教女儿积极面对生活，正确对待逆境。

父亲像一个避风港，不管孩子在外面受了多大的挫折，都能在那里得到安慰，找到安全感，找回积极进取的力量。

父亲就是这样，用爱指引我们的人生。

　　如果你想知道父亲有多么的爱你，不必等到有自己的孩子，看完这篇小说你就知道了。

舍不得打两巴掌

● 文/秦　榆

　　妻子怀孕了。随着胎儿的生长，他的睡眠越来越不好，睡觉时，妻子总会把他挤到一边。他不敢翻身，生怕伤及胎儿。很多时候，他的半个身子是半悬空的，有一次睡到半夜，他甚至掉到床下。

　　更为痛苦的是妻子，几乎每夜难以入睡，她要几百次的翻身，怎么也找不到舒适的体位，妻子一夜要上十几次厕所，她的被窝怎么也暖和不了。有一天深夜，他抚摸着妻子的肚子，恨恨地说："等这个小家伙出世，一定要狠狠地给他两巴掌——你打一巴掌，我打一巴掌。"

　　终于，儿子出世了，看着这个娇嫩的小生命，他们疼都疼不过来，怎么能狠心打呢？他们决定，等儿子长大了再打也不迟。

　　后来，儿子结婚了，再后来，儿媳也怀孕了。他叫来儿子，说："你跪下，我要打你两巴掌。"儿子不解，他就把那天夜里和妻子的约定一说，儿子感到很可笑。他神情郑重地举起巴掌，轻轻地落在儿子的屁股上，儿子忍不住笑了起来。

　　儿子回去后，把这件事告诉了自己的妻子，她也觉得可笑。有一个深夜，儿子突然发现自己掉在床下，不由得失声痛哭起来，他突然想起父亲的话和父亲永远舍不得打的两巴掌。

舍不得的打，舍得的爱

赏析／陈 默

　　儿子还在妻子腹中时，年轻的父亲常被挤到床边，甚至掉到床下，更重要的是还令妻子无法睡一个像样的觉，因此父亲说等小家伙出世之后一定要狠狠地给他两巴掌，但看到娇嫩的小生命，他们却不忍心了，决定等到儿子长大了再打，一等就到了儿子成家，并即将有孩子，也只是轻轻的两下，算是实现当年的约定。儿子开始当成笑话，等到自己经历了和父亲相同的情况才发现原来父亲有多么的爱自己。看起来很小的一件事，却把父亲对子女的疼爱表露无遗。

　　如果你想知道父亲有多么的爱你，不必等到有自己的孩子，看完这篇小说你就知道了。

父亲对儿女的付出，就像是在从事一份永久的工作，天天上班，时时奉献，没有假期，没有休息，永不退休，直到生命的最后一刻。

卖报纸的父亲

● 文/佚 名

早晨天还没亮，父亲就起床了，把头天晚上蒸好的两个馒头和装满冷开水的塑料瓶子悄悄放进绿色的挎包里，背起匆匆离开了家。

父亲卖报有几年了。我多次劝他别去卖报，退休了就在家里享享清福吧！他总是说："等你成家以后，我就不卖了。"我不明白父亲为什么会这样说。

报纸批发站距家很远，父亲总是风雨无阻的第一个到达。

送报车一到，早已等候的报贩就蜂拥而上，将一摞摞的报纸争先恐后地抢着往自己的挎包里塞。他们当中有下岗工人、进城打工的农民、辍学的小孩。父亲挤不过他们，只好站在一边。批发报纸的老板挺照顾父亲的，每次都给父亲留着一摞。

拿到报纸后，报贩们就迅速四散开去，在大街上吆喝起来。父亲通常不在大街上卖，因为街上的报贩太多，而是把报纸拿到在市区和市郊间往返的铁路通勤列车上去卖——父亲是铁路退休工人。

车上报贩不多，只有两三个，比起大街上来说报纸要好卖得多。父亲左手腕托着一张硬纸壳，上面叠放着各种报纸，在上下班的职工和旅客当中不停地来回穿梭和吆喝叫卖。

冬天车厢里直灌着凛冽刺骨的寒风，父亲的双手长满了冻疮，裂开了口子；夏天车厢被烈日烤得发烫，父亲的衬衣上是一圈圈泛黄的汗渍，豆大的汗珠从满是皱纹的脸上淌下来。

列车沿途有六个站。为了多卖几份报纸，每次列车徐徐进站，还未停稳，父亲就从车上跳到站台上，趁停车间隙的几分钟，向站台上的旅客卖报。当列车重新启动时，又匆匆笨拙地跳上列车。这是非常危险的，弄不好就会卷入车底下，被车轮碾成齑粉。

父亲的早餐都是在车厢里忙里偷闲吃的。有一次，我上班看见父亲正气喘吁吁地坐在一只椅子上，左手拿着干冷的馒头，右手拿着塑料瓶，一口馒头一口水，艰难地咀嚼着，不时地用衣袖擦去脸上的汗珠。看见父亲疲乏的模样，我心里酸酸的。就对父亲说："我来帮你卖吧。"父亲摇了摇头，慈爱地说："好好去上你的班吧！"父亲每天就是这样不知疲惫地来回奔波着。

有一天，我告诉父亲我准备结婚了。父亲非常高兴，从柜子的抽屉里取出一个包裹，一层层打开，拿出一张存折颤巍巍递给我，说："这里有三万块钱，是用我的退休工资和卖报纸的钱积攒下来，再加上你自己存的钱，到单位去买一套房子吧！"霎时间，一股热流涌上心头，我的眼眶噙满了泪水，终于明白了父亲以前说过的那句话。

自从我结婚以后，父亲就再也没有卖报了。

永不退休的父爱

赏析／小　奇

这位父亲退休后本来可以领着退休金享清福，但为了给儿子存钱买房子，使儿子将来成家后有自己的空间，他天天早出晚归，不知疲倦来回奔波卖报纸，一分一厘地积攒儿子的房款，同时也在一分一厘地积攒对儿子的爱。父亲卖报纸从不为自己着想，冒着生命危险，忍受刺骨寒冬、炎炎夏日，让人不禁为之感动不已。

父亲对儿女的付出，就像是在从事一份永久的工作，天天上班，时时奉献，没有假期，没有休息，永不退休，直到生命的最后一刻。

父亲甘愿做我们的成长的基石，一点一滴地把我们往更高的目标推动。

父爱的高度

●文/吴宏博

好多年都没有看过露天电影了。

记得小时候，家在农村，那时电视、碟机这类玩意在乡下压根就没见过，更别说是享用了。所以要是逢有哪个村子放电影，周围十里八村的人就都赶着去，在那露天地里，黑压压的一片，煞是壮观。

那时父亲还年轻，也是个电影迷。每遇此等好事，就蹬着他那辆老"永久"自行车，带着我摸黑去赶热闹。

到了电影场，父亲把车子在身边一撑，就远远地站在人群后边。我那时还没有别人坐的板凳腿高，父亲就每每把我架在他的脖子上，直至电影结束才放下。记得有一次，看《白蛇传》，骑在父亲的脖子上睡着了，竟尿了父亲一身，父亲拍拍我的屁股蛋子，笑着说："嗨！嗨！醒醒，都'水漫金山'了！"

一晃好多年就过去了，我已长得比父亲还高，在人多的地方，再也不用靠父亲的肩头撑高了。

春节回家，一天听说邻村有人结婚，晚上放电影，儿时的几个玩伴就邀我一同去凑热闹。我对父亲说："爸，我去看电影了！"

父亲说："去就去么，还说什么，又不是小孩子了！"

"你不去？"

"你自个去吧，我都六十几的人了，凑什么热闹！"

来到电影场，人不算多，找个位置站定。过了不大一会儿，身边来了一对父子，小孩直嚷嚷自己看不见，如多年前父亲的动作一样，那位父亲一边说着"这里谁也没你的位置好！"一边托起孩子骑在了自己脖子上，孩子在高处"咯咯"地笑着。

我不知怎么搞的，眼睛一下子就湿润了。这么多年了，我一直在寻找一个能准确代表父爱的动作，眼前这一幕不就是我找寻的结果吗？

想起了许多往事，再也无心看电影。独自回家。

敲门。父母已睡了，父亲披着上衣来开门，"怎么这么早就回来了，电影不好？"

看着昏黄灯光里父亲花白的头发和那已明显驼下去的脊背，我的泪一下子涌了出来，什么也没回答，只是把自己身上那件刚才出门时父亲给披上的大衣又披到了他单薄的身上。

是啊，父亲一生都在为儿子做着基石，把儿子使劲向最理想的高度托，托着托着，不知不觉间自己就累弯了，老了。

我知道，这一生，无论我人生的坐标有多高，都高不出那份父爱的高度，虽然它是无形的，可我心中有把尺啊！

托起孩子的幸福

赏析／老 幺

文章后面那段话说得好，"父亲一生都在为儿子做着基石，把儿子使劲向最理想的高度托"。

读书的时候，希望孩子上最好的学校，工作的时候希望孩子进最好的单位，成家之后希望孩子过最好的生活，而他们就一直在用力地托着孩子向上。只要孩子能过得幸福，他们不知道什么叫做累，什么叫做苦。

父亲甘愿做我们的成长的基石，一点一滴地把我们往更高的目标推动。所以，不管我们爬得多高，也不要忘记是父爱在支撑着我们，不要忘记用感恩的心对待托起我们的父亲。

父亲，就是自己过得再苦再累，也要让子女过得好的人。

沉重的汇款单

● 文/向海涛

一天、两天……

照理说，家里的汇款单早该来了。心里知道，那一定是年迈的父母又在东挪西凑了。上个月，父亲来信说，家乡已有好久没有下雨，饮水都成了问题。看来，今年的秋收又要大打折扣了。

靠着几亩"望天收"的薄田来供两个孩子念大学，父亲肩上的担子太沉重了。两年前，哥哥考上上海的一所重点大学，为了凑齐哥哥的学费，父亲在一片叹息声中将两头架子猪赶出去卖了，母亲曾为此偷偷地掉过几次眼泪。要知道，两头架子猪可是全家一年的希望呀！

如今，我也考上了省城的这所大学。无论父母怎样拖着病弱的身体在那片黄土地里挥汗如雨，面对化肥农药提价，学费开支日涨的现实，他们也早已不堪重负。生活的重担使得不到五十岁的父亲早已头发花白。

为了攒足我们哥俩的学费，父亲曾拖着患有关节炎的双腿在酷暑季节去为别人收割稻谷，因过度劳累而晕倒在田里；去年寒假，我随父亲去赶集，饥肠辘辘的父亲硬是舍不得花上一元钱为自己买一碗米粉，而是就着我吃剩的粉汤咽下了两个干馍；那次母亲上街去卖菜，为了多卖那一元七毛钱，母亲担着八十多斤的菜担在寒风瑟瑟的小镇上来回走了近三个小时……想到这些，我真想落泪。

终于，一个秋叶飘零的下午，我收到了父亲寄来的汇款单和一封短信——

涛儿：

　　天气凉了,要多加点儿衣服。这次寄来一百二十七元,若不够用,来信给家里说一声,我们会想办法的,不要因为缺钱而影响学习……

攥着那张沉甸甸的汇款单,我泪流满面……

平凡的农民,伟大的父亲

赏析／江　河

　　小说中的父亲是典型的中国农村父亲,他们非常不简单,在农村靠天吃饭,收入微薄,但为了供孩子上学,他们忘我地劳作。自己省吃俭用,对子女却有求必应。

　　文中父亲给儿子简短的信就把无私的父爱展现得淋漓尽致,让我深受感动。他自己所受的种种劳累只字不提,更多的是将关心投在了儿子的身上,希望儿子把心放在学习上,尽管钱来得不容易,但只要儿子有要求,他就会尽一切办法做到。在这个平凡的农民身上我们看到了中国父亲的伟大。

　　父亲,就是自己过得再苦再累,也要让子女过得好的人。

当父亲老了之后，就不希望自己拖累了子女，成为子女的负担。

父亲和儿子

●文/木 弓

父亲和母亲常年住在乡下，我多次催他们二老来城里转转，住上一段日子。可他们谁也不愿意来，说，城里有什么好转的，不就是汽车多点，人多点，消费高点嘛！现在咱们家可好了，汽车、摩托车也是一撅屁股一溜烟儿。父亲虽然这么说，我还是知道他是怕花钱，还怕给我添麻烦。

最近，单位不怎么忙，我打电话让他们过来，可能是父亲怕辜负儿子的一片孝心，最终还是答应要来。我去火车站接他们的时候，才知道母亲没来。父亲跟我说，他们俩在家商量一个人去就行，看看儿子在那边过得怎么样，回来汇报一下。谁去呢？他们采用抓阄的把戏，母亲让父亲先抓，结果父亲抓了一个"去"。父亲笑着说，他怀疑母亲做了手脚，这么多年了，他比谁都了解母亲——爱耍小聪明。

我陪父亲去商场，想给他买件衣服。父亲以前老说，儿子是父母的脸，儿子穿好了，父母脸上也有光。父亲看着衣服的标签，死活不干，最后说，听说羽绒服特保暖，给你妈买一件吧，生你的时候落下个病根儿，一到冬天就腰疼。

到了晚上，父亲给母亲打电话，说儿子给你买了一件衣服。老妈急了，嗔怪道，老头子，你也跟儿子瞎起哄。完了之后，母亲让我听电话："谁让你给我买衣服，我守着炉子挺暖和，又冻不着，还是给你爸买点儿那叫什么茶来着，说能洗肺，你爸睡觉时老咳嗽。"

我要挂电话时,父亲好像又想起了什么,对母亲说:"老婆子,别忘了把窗户开点缝,别中了煤气。"

父亲呆了没几天,就嚷嚷着要回去,说城里住着不习惯,最近老家有台大戏,你妈爱看,我想跟她一块儿看,省得回到家再给我讲戏。我开玩笑说:"你老实交代,是不是想我妈了?""想啥,老夫老妻的,就是有点惦记!"父亲说时还有点不想承认。

等送走了父亲,回到家,我忽然发现书桌上放着一叠钱,下面还压了一封信:

儿子:

看着你在外面过得挺好,我就放心了,家里你也不用惦记,我们老两口吃得好着呢!这一千元钱,是我和你妈的心意,没别的意思,你也别往心里去。好好工作,注意身体!

父亲

有一种爱叫没有负担

赏析/小 尘

看完《父亲和儿子》心中涌起一种温馨的感觉:父亲对儿子朴实的关心,老夫妻之间的相互关爱,这些都让人不知不觉地受到爱的感染。

其实在亲情的字典里,父母对子女还有一种爱,那就是:尽可能自食其力,不让子女有任何负担。特别是当父母老了之后,更加不希望自己拖累了子女,成为子女的负担。

文中的父亲是非常细心体贴的,怕儿子麻烦和花钱,找理由安慰儿子,解释自己不愿意到城里的原因;和儿子逛商场,坚决不让儿子花钱;找借口早日回老家,走的时候还给儿子留下钱,目的都是为了使自己不成为儿子的负担。

做一个平常的父亲很难，做一个残疾孩子的父亲更难。

父亲的背

● 文/田信国

我出生在一个偏僻的小山村，同村里所有的孩子一样，我有疼爱自己的父亲和母亲，但同其他孩子不一样的是我的双腿残疾，不能正常走路。

那是在我两岁的时候，一场可怕的小儿麻痹留下的后遗症。从那时开始，我十七年的记忆便充满了父亲的背和背上那股淡淡的汗味。也许别的残疾孩子有轮椅，有推车，但贫穷的父亲只有他的背，厚实而挺直的背。无论下地干活还是走亲访友，父亲走到哪，总是把我背到哪，我在父亲的背上渐渐的长大。

等我长到九岁时，村里同龄的小伙伴都上了三年级，而我却只能呆在家里，父亲为此犹豫了很久。终于有一天，父亲把我背进了教室，从那以后，父亲每天来来回回地背着我，风里来，雨里去，从未间断，我竟一次也没有迟到。看着父亲日渐沉重的脚步，我真恨不得学校就在自家门口，这样父亲就可以少跑许多路，我更恨自己长的太快、太重，因为这样更加重了父亲的负担，使得父亲每走一步都越来越吃力了，我内心的忧愁也日益加重了，我的未来怎么办？我还有未来吗？

然而在我十六岁那年，一件意想不到的事情发生了。那一回，我无聊的跟着电视学唱歌，父亲突然兴奋起来，似乎看到了一丝希望，他要我好好地练，好好地唱，从此一有空父亲就背着我到河畔田头，村外树下练习唱歌。那年的"五·四"青年节，县里举办歌手比赛，父亲背上我去报了名，没想到竟得了个三等奖。接着，父亲又背上我参加地区比赛，又拿了个特别奖，这件事对我和父亲触动很大，父亲便下了决心，要背着我去省城拜师学唱歌。

一个柳绿桃红的时节，父亲不顾多年落下的腰痛病，把我背出家门，背出山村，背到了几十公里外的省城。老师的家太高了，在五层楼上，然而父亲并没有犹豫，只是习惯的将我向上一抖，便向楼上爬去。一个台阶又一个台阶，一层楼又一层楼，父亲的脚步渐渐的由快变慢，甚至在颤抖，我心疼地要父亲放下我歇一会儿，可父亲怕放下来便再也背不上去，硬是咬着牙，把我背上了老师的家。这五层楼，上百个台阶，父亲一步一步背上背下，这一背竟又是整整一年。就这样，我在父亲的背上，艰难地走向音乐之门。

又一个春暖花开的日子，父亲要背着我离开省城，去更远的地方，放飞我的歌声，放飞我的梦想……临行前，我用一个儿子的全部身心帮父亲揉背，揉一揉这曾经笔直而渐渐弯了的背，揉一揉这背了我十七年，也许还会一直背下去的背，父亲的背。

背着儿子找坚强的理由

赏析／可　可

做一个平常的父亲很难，做一个残疾孩子的父亲更难。

儿子双腿残疾，面对这一事实，对于每一位父亲而言都是需要勇气的。小说中的父亲是伟大的，他没有放弃自己的儿子，他用自己的背使儿子过上了正常人的生活。为了让儿子相信自己有未来，证明儿子有价值，他把儿子背出家门到处去拜师学唱歌，陪着儿子一步一步寻找价值。

作为一个父亲，要养活一个残疾的儿子很容易，但是要让残疾的儿子找到活着的意义却不容易，但这个父亲做到了，他是好样的。

但嫌弃衰老的父亲却是儿女们的错，而且是人世间最大、最不可饶恕的错。

父 亲

● 文/胡德斌

一个老者蹲在阳光里，从清早开始，他在这儿已经蹲了整半天了。

此刻，他正清点他半天的收获，一张张皱巴巴的票子在他的膝盖上展平，然后，小心翼翼地叠好。他是来卖油果儿的。自从儿子娶了那个女人回家，在家里他日益显得碍手碍脚了。然而，他总得谋一个生计。于是，他想出个主意，每天到对门店里揽一篮油果儿，拿到这儿来卖。行人如潮，谁也不去注意他。

一天，她背了个画夹子偶尔经过这儿，目光一下子被他吸引住了。她胸前别着枚好看的校徽。这些日子，她正为毕业作品犯愁。

她走向他，像株小白杨，"小白杨"轻轻叫了一下："老人家，我给您画张像，好吗？"

画像？他瞪起眼，脸绷得紧紧的，继而，他抬起头，眯着眼睛打量了她一会儿，嘴角狡黠地咧了一下："画吧。不过，这些油果儿你全买了。"

"嗯。"她应着。

"五毛一个，十个，拿五块吧！"他转而一想，忽然起了"敲"她几个的念头。她踌躇了一会儿，掏出钱递过去。他犹豫了片刻，将五块钱捏在手里。

他往阳光里挪了挪，背靠着一截老树。她打开画夹子，用恬静、温柔的眼睛注视他。他让她看得浑身不自在，避开她的目光，朝远处看去。远处,有些迷蒙,一位年轻的父亲牵着他的儿子,一路上蹦过来,那顶小花帽真漂亮。他叹了口气,眼底闪过一丝温情,然而,温情一瞬间便过去了。

她合上画夹子,将十个油果儿留给老人。要了他的地址和姓名,她像一朵云飘走了。

两个月后,他收到她寄来的信,信中还有一张市美术馆画展的参观券。

展览厅里,许多人围着一幅画,他也好奇地挤了进去。画面上一个苍老、寂寞的老人,蹲在一株老树下,老人的目光阴沉而悲哀,一缕阳光留恋地停在他的脸上,他的眼里透出一丝慈祥与温情。他和他对视着。猛然间他发现这个老人正是他自己,他的脸陡然羞得绯红。半天,他将目光游移出这幅画,在一张小纸片上,他吃力地读到那两个字:"父亲"。

父亲,这熟悉而遥远的名字。有那么好几次,他的儿子、儿媳妇带着孙子经过他这个卖油果儿的老头儿身边时,竟离得远远的,像躲瘟神。他痛苦地哽咽起来,浑浊的老泪像虫一样爬出眼眶……

好些日子过去了,美术馆前,有个老者总蹲在那儿,手里捏着把皱巴巴的票子,说是要给女儿的。

一个神圣的人间称谓——父亲

赏析／蓝　舟

《父亲》文中描摹了一位年老的父亲，在儿媳进门后遭到的冷遇。寂寞、无助和迷惘的老父亲怀着复杂的心理报复了一位年轻的女美术学院的毕业生。女学生却用她对"父亲"的尊敬和爱回应了他。最终此做法又唤回这位老父亲真挚的父爱，谱写了一曲人间真情的曲折篇章。

经历了大半辈子的尘世沧桑后，父亲开始衰老了。然而衰老并不是父亲的错，衰老并不能抹杀什么。但嫌弃衰老的父亲却是儿女们的错，而且是人世间最大、最不可饶恕的错。

不要忘记身后的父亲，不要吝惜你对他们的关心，你的问候就是他们最大的欣慰。

北风乍起时

● 文/叶倾城

看完电视以后，一整晚他都睡不好，第二天一上班匆匆往深圳打电话，直到九点，那端才响起儿子的声音："爸，什么事？"

他连忙问："昨晚的天气预报看了没有？冷空气南下了，厚衣服准备好了吗？要不然叫你妈给你寄……"儿子漫不经心地答道："不要紧的，还很暖和呢，到真冷了再说。"

他絮絮不休，儿子不耐烦了："知道了知道了，马上就买。啰嗦。"撂了电话。

他刚准备再拨过去，铃声突响，是他住在哈尔滨的老父亲，声音颤巍巍的："天气预报说，你们那儿今天变天，你加衣服了没有？"

风疾阵阵，从他忘了关好的窗缝里乘虚而入，他还不及答话，已经结结实实打了个大喷嚏。

老父亲急了："已经感冒了不是？嗨！怎么这么不听话，从小就不爱加衣服……"絮絮叨叨，从他七岁时的劣迹一直说起，他赶紧截住："爸，你那边天气怎么样？"

老人答："还不是下雪。"

他不由自主地愣住了。

在寒潮乍起的清晨，他深深牵挂的，是北风尚未抵达的南国，却忘了匀一些，给北风起处的故乡，和已经年过七旬的父亲。

人间最温暖的亲情，为什么，有时竟是这样地残酷？

一代又一代，我们放飞未来，爱是我们手中的长线，时时刻刻，我们记挂着长线那端的冷暖。却还有多少人记得，在我们身后，也有一根爱的长线，也有一双持着长线的、越来越衰老的手？

传说北风是天空最小的孩子，最后一个被放出来，天空叮嘱他一定要回家。可是贪玩的北风，只顾一路向前，宁肯在大地上流浪，也不稍一回顾，渐渐，他找不到回家的路途。

所以每当北风起时，天空都有那样忧愁的脸容，风里有低低的呜咽，我们从来不曾听到。是否成年之后的我们，都是那不肯回头的北风？

他想，在下次寒潮来临时，他仍会赶在北风之前，向深圳投去问候和叮嘱，可是他的第一个电话，应该是往哈尔滨打去的。

回头看看你身后的爱

赏析／老 幺

孩子不管多大，在父亲眼里都还是孩子。小说中，可能在上大学的小伙子在他的父亲面前他还是个不会照顾自己的孩子，而为人父的他在七十多岁的老父面前也仍是个孩子。

逐渐长大的我们，像小说中不肯回头的北风，一心向往自由流浪。但不论走得多远，父亲的爱都与我们相伴，父爱总是默默地跟在我们后面，只是我们很少回头去看。

下雨的时候回头看看，父亲一定正在为你打伞，不要等他全身淋湿你才发现他在你的身后。这篇小说提醒我们，不要忘记身后的父亲，不要吝惜你对他们的关心，你的问候就是他们最大的欣慰。

父子俩相互拥抱的那一刻应该是世界上最动人的时刻。

地震中的父与子

● 文/杨 帆

一九八九年发生在美国洛杉矶一带的大地震，在不到四分钟的时间里，使三十万人受到伤害。

在混乱和废墟中，一个年轻的父亲安顿好受伤的妻子，便冲向他七岁儿子上学的学校。他眼前，那个昔日充满孩子们欢笑的漂亮的三层教室楼，已变成一片废墟。

他顿时感到眼前一片漆黑，大喊："阿曼达，我的儿子！"跪在地上大哭了一阵后，他猛地想起自己常对儿子说的一句话："不论发生什么，我总会跟你在一起！"他坚定地站起身，向那片废墟走去。

他知道儿子的教室在楼的一层左后角处，他疾步走到那里，开始动手。

在他清理挖掘时，不断地有孩子的父亲急匆匆地赶来，看到这片废墟，他们痛哭并大喊："我的儿子！""我的女儿！"哭过之后，他们绝望地离开了。有些人上来拉住这位父亲说："太晚了，他们已经死了。"这位父亲双眼直直地看着这些好心人，问道："谁愿意来帮助我？"没人给他肯定的回答，他便埋头接着挖。

救火队长挡住他："太危险了，随时可能发生起火爆炸，请你离开。"

这位父亲问："你是不是来帮助我？"

警察走过来："你很难过，难以控制自己，可这样不但不利于你自己,对他人也有危险,马上回家去吧。"

"你是不是来帮助我?"

人们都摇头叹息着走开了,都认为这位父亲因失去孩子而精神失常了。

这位父亲心中只有一个念头:"儿子在等我。"他挖了八个小时、十二小时、二十四小时、三十六小时,没人再来阻挡他。他满脸灰尘,双眼布满血丝,浑身上下破烂不堪,到处是血迹。到第三十八个小时,他突然听到底下传出孩子的声音:"爸爸,是你吗?"

是儿子的声音! 父亲大喊:"阿曼达! 我的儿子!"

"爸爸,真的是你吗?"

"是我,是爸爸! 我的儿子!"

"我告诉同学们不要害怕,说只要我爸爸活着就一定会来救我,也就能救出大家。因为你说过不论发生什么,你总会和我在一起!"

"你现在怎么样? 有几个孩子活着?"

"我们这里有十四个同学,都活着,我们都在教室的墙角,房顶塌下来架了个大三角,我们没被砸着。"

父亲大声向四周呼喊:"这里有十四个孩子,都活着! 快来人。"

过路的几个人赶紧上前来帮忙。

五十分钟后,一个安全的小出口开辟出来。

父亲声音颤抖地说:"出来吧! 阿曼达。"

"不! 爸爸,先让别的同学出去吧! 我知道你会跟我在一起,我不怕。不论发生了什么,我知道你总会跟我在一起。"

这对了不起的父与子经过巨大灾难的磨难后,无比幸福地紧紧拥抱在一起。

有一种爱叫信任

赏析／陈 醉

在没有人相信有孩子生还的情况下，他却坚信自己的儿子还在等着他去援救，毫不犹豫毫不放弃。而他的儿子也与他心灵相通，一直相信自己的父亲一定会来救自己，正是他们对彼此的信任，使他们获得了成功，并且成功救起了另外十三个孩子。

父子俩相互拥抱的那一刻应该是世界上最动人的时刻。父爱总会给人一种特别的感动。

父亲总是给人以坚实的安全感，总会令人保持勇气和信心，让人看到希望，那都源于爱的信任。

爱能使父亲创造出任何的奇迹。

奇迹的名字叫父亲

● 文/叶倾城

　　一九四八年，在一艘横渡大西洋的船上，有一位父亲带着他的小女儿，去和美国的妻子会合。

　　海上风平浪静，晨昏瑰丽的云霓交替出现。一天早上，男人正在舱里用刀削苹果，船却突然剧烈地摇晃，男人摔倒时，刀子扎在他胸口。人全身都在颤抖，嘴唇瞬间乌青。六岁的女儿被父亲瞬间的变化吓坏了，尖叫着扑过来想要扶他，他却微笑着推开女儿的手："没事，只是摔了一跤。"然后轻轻地拾起刀子，很慢很慢地爬起来，不引人注意地用大拇指揩去了刀锋上的血迹。

　　以后三天，男人照常每晚为女儿唱摇篮曲，清晨替她系好美丽的蝴蝶结，带她去看大海的蔚蓝，仿佛一切和平常一样，而小女儿尚不能注意到父亲每一分钟都比前一分钟更衰弱、苍白，他看向海平线的眼光是那样忧伤。抵达的前夜，男人来到女儿身边，对女儿说："明天见到妈妈的时候，请告诉妈妈，我爱她。"

　　女儿不解地问："可是你明天就要见到她了呀，你为什么不自己告诉她呢？"

　　他笑了，俯下身，在女儿额上深深留下了一个吻。

　　船到纽约港了，女儿一眼便在熙熙攘攘的人群里认出母亲，她在喊着："妈妈！妈妈！"

　　就在这时，周围一片惊呼，女儿一回头，只见父亲已经仰面倒下，胸口血如井喷,刹那间染红了整片天空……

尸解的结果让所有人惊呆了:那把刀无比精确地洞穿了他的心脏,他却活了三天,而且不被任何人察觉。惟一可能的解释是因为创口太小,使得被切断的心肌依原样贴在一起,维持三天的供血。

这是医学史上罕见的奇迹。医学会议上,有人说要称它为大西洋奇迹,有人建议以死者的名字命名,有人说要叫它神迹……

"够了。"那是坐在首席的一位老医生,须发俱白,皱纹里满是人生的智慧,此刻一声大喝,然后一字一顿地说:"这个奇迹的名字,叫父亲。"

爱总能创造奇迹

赏析／阿　土

被刀精确地穿过心脏,但他奇迹般地活了三天。在死神面前,他表现得出奇地平静,虽然"每一分钟都比前一分钟更衰弱",但他还是支撑了下来,这种坚强的意志来源于他对爱的信念,这个信念就是要把女儿亲自交到妻子的手上。

曾经看过很多类似的故事,在逆境中的父亲为了挽救自己的子女,靠着自己的坚强的意志,在几乎不可能的情况下把孩子送出险境,创造出奇迹。

饱经沧桑的老医生一句话道出了奇迹的原因:不管方式如何,父亲总是用他的爱守护着子女,爱能使父亲创造出任何的奇迹。

人们也才真正明白了这个老汉的举动的含义。他抓凶手,是因为他是父亲,他爱他的儿子,他要让害他儿子的人受法律制裁。他救凶手,也是因为他是父亲,他懂得,失去儿子对父亲来说是多么大的打击和痛苦。

春风拂柳

守候雨季的大伞

　　父亲是一部大书，年轻的儿女们常常不懂父亲，直到他们长大成人之后，站在理想与现实、历史与今天的交汇点上重新打开这部大书的时候，才能读懂父亲那颗真诚的心。

> 这沉睡的大拇指，不但是父亲智慧的表现，更是寄托了父亲对儿子深沉的爱。

沉睡的大拇指

● 文/佚 名

爸爸去世时，大拇指依然藏在掌心里。这就是说，爸爸右手的大拇指已整整蜷曲了十六年，开始的前五年，它是刻意蜷曲，但在余下的十一年里，它却无法回到原先的模样。

从盖尔出生的那天起，他的妈妈就开始为他担心了。因为盖尔左手的尾指旁边长了根小小的第六指。

转眼间，盖尔已经三岁，父母把他送进了幼儿园。可上幼儿园的第一天，他回家后便眼泪汪汪地问爸爸妈妈："为什么我比其他小朋友多了一根指头？迪克说我是怪物。"大家都沉默了。

是啊，随着年龄的增长，盖尔的第六根指头也长大了许多，看上去有点碍眼。此时此刻，爸爸陷入深思，盖尔是那样的聪明可爱，乖巧伶俐，他的伤心和自卑令爸爸感到不安。突然，他的目光掠过钢琴架上的雕塑。那是一尊泥塑手雕，大拇指用力地压在掌心里。爸爸像发现了珍宝似的，会心一笑，把盖尔抱放在自己的膝盖上。

"宝贝，你看爸爸右手的大拇指，它是个小懒虫，从你出生的那天起，它就开始睡觉了，到现在都不肯起来。"爸爸边说边伸出右手，把大拇指蜷在掌心，然后让掌心朝下，并把盖尔的右手掌心朝上，当两只手合在一起的时候，正好十个手指，不多也不少。

"我知道了，您的大拇指偷懒不听话，所以我就替您长了一根手指，是这样的吧，爸爸？"天真的盖尔开心地笑了，充满自豪。小小的他觉得,这第六根手指担负着重大的责任,它是来帮助爸爸的。

爸爸迅速地把这件事告诉了家人和朋友,还请盖尔的老师在班上告诉其他小朋友,盖尔帮爸爸长了一根大拇指。小朋友们非但不再嘲笑盖尔了,还佩服盖尔小小年纪就能帮助大人。

自从和盖尔说过沉睡的大拇指的事后,只要见到盖尔,爸爸右手的大拇指就会条件反射地蜷进掌心。时间稍长一些,右手的大拇指就会麻麻地疼,得用左手帮忙才能慢慢地舒展开。久而久之,爸爸习惯成自然,时刻把右手大拇指蜷起来,也习惯了用四根指头吃饭做事。不熟悉的人还真以为爸爸的手原本就是那样的。而盖尔呢,自从听了爸爸的故事后,对第六指便特别关心爱护,冬天的时候还特意涂上一层厚厚的防裂霜,他觉得这是爱爸爸的一种表现。

一次,当妈妈把盖尔带到医院说可以切除第六指时,盖尔大声抗议:"这是我帮爸爸长的手指,怎么可以切除呢?除非爸爸的大拇指睡醒起来了。"可是,爸爸的手指五年来一直习惯蜷曲在掌心里,它已经变形萎缩,完全失去了最初的力量,重新扳直已不可能,但却使盖尔度过了幸福快乐的童年。这对爸爸来说,已经非常满足了。当爸爸知道盖尔拒绝切除第六指的原因后,一股暖流涌上心头。他找来纱布,把大拇指裹住,然后告诉盖尔,他已经动了手术,手指马上就可以伸直了,盖尔的第六指已经完成了历史使命。盖尔听话地随母亲去了医院,手术很成功,而爸爸的大拇指虽然用纱布缠了很久,但始终无法伸展。

爸爸去世后,母亲将大拇指的真相告诉了盖尔。那一刻,盖尔受到了前所未有的震撼,因为沉睡的大拇指给了他完整的人生,还真真切切地告诉了他什么叫亲情。

拇指深情

赏析／许厚文

　　大部分身体有缺憾的小孩童年都过得有阴影，他们都为自己的缺憾而自卑，还要忍受其他伙伴的嘲笑。这让每一个父亲感到困惑。

　　但《沉睡的大拇指》中父亲却做到了去除儿子的自卑感，让孩子像正常小孩一样快乐地成长。那是因为他把拇指藏在手心五年，但这也导致以后的十一年拇指再不能恢复正常，也就是说为了儿子有快乐的童年，父亲残废了一个拇指，但他用一个拇指换来了儿子完整的人生。

　　这沉睡的大拇指，不但是父亲智慧的表现，更是寄托了父亲对儿子深沉的爱。我再一次为伟大的父爱所感动和震撼。

爱不停止,接力棒就不会停止,生命力就不会休止。

父

● 文/郑渊洁

我是一只羊。我活到了应该当父亲的年龄。世界真奇妙,到了这个年龄,我的思维里就产生了一种激情,还伴随着身体里的一股原始冲动。这大概就是生命得以延续的接力棒。

我渴望当父亲。渴望让生命中的一个单元通过我继续。

在我们这儿,不是你是什么就得生什么,而是逢什么年生什么。比如去年,不管你是羊还是兔还是马,生的孩子都是狗。狗的爸爸妈妈也不一定是狗,可能是兔子。

今年生的孩子都将是猪。于是就有了这么一头小猪成为我的儿子。这是我们的缘分。不管他是什么,我都爱他,他的血管里流着我的血。尽管我是羊,他是猪。

我们这儿有的爸爸可不这样,他们总希望自己的孩子不是现在这个样子。就拿我的邻居牛来说吧,他的儿子是一条蛇,他怎么看儿子怎么不顺眼,整天对儿子吹胡子瞪眼。我问他为什么虐待亲生儿子,他说他的儿子应该是只虎,起码也得是头牛。他的儿子真不幸,摊上了这样的爸爸。

做父亲的对待孩子只能干一件事:爱。

我的儿子是一头小猪,这就足够了。我不羡慕别人的猛虎儿子,也不嫉妒人家的千里马儿子,这个世界上绝了哪种生命形式都会导致地球毁灭。狮子和蚂蚁一样伟大。我斗胆说一句话,你看人类在地球上横不横？可从生态平衡的角度看,小草和人类一样重要。

不明白这个道理,就不是合格的爸爸。

我是羊,我生了一头小猪,我感到幸福和惬意。如果在这个世界上,羊只能生羊,马只能生马,那该成什么样子了?

我爱我的小猪儿子。如果他是鸡或是蛇或是兔或是老鼠,我一样爱他,一样让他成为世界上最幸福的孩子——因为我是他爸爸。

生命的接力棒

赏析／李彩虹

儿子的血管里流淌着父亲的血,父亲的天职里装载着对儿子的爱。

《父》这篇作品以一种新奇的童话形式阐述了父亲的真情和宽仁。父爱的伟大之处就在于他对下一代有着本能的情感。这种爱可以宽容儿子的缺陷,可以承受儿子的弱小,可以包容儿子的丑陋。所以这种爱就注定是纯洁而真挚的!

父亲的呵护可以让下一代茁壮成长。而在这一代代成长的过程中,生命的热力便得到了最大限度的延续和张扬。而这种生命延续的接力棒就是爱。这种爱其实就是一种父辈对儿辈的爱、上辈对下辈的爱、前辈对晚辈的爱。

爱不停止,接力棒就不会停止,生命力就不会休止。

父亲并非就一定是很乐观,但父亲却要给家人带来生存的勇气和信心。

把笑脸带回家

●文/昝金锦

三年前的一天,我考高中,分数不够,要交八千元才能上学。正在发愁时,父亲回家笑着对母亲说,我下岗了。母亲听了就哭了,我跑过来问怎么了,母亲哭着说,你爸爸下岗了。父亲傻乎乎地笑个不停。我气愤地说,你还能笑得出来,高中我不上了!母亲哭得更凶了,说,不上学,你爸就是没有文化才下岗的。我说,没有文化的人多的是,怎么就他下岗,无能!

父亲失去工作的第二天就去找工作。他骑着一辆破自行车,每天早晨出发,晚上回来,进门笑嘻嘻的。母亲问他怎么样。他笑着说,差不多了。母亲说,天天都说差不多了,行就行,不行就重找。父亲道,人家要研究研究嘛。一天,父亲进门笑着说,研究好了,明天就上班。第二天,父亲穿一身破衣服走了,晚上回来蓬头垢面,浑身都是泥浆。我一看父亲的样子,端着碗离开了饭桌。父亲笑了笑说,这孩子!第二天,父亲回家时穿得干干净净,脏衣服夹在自行车后面。

两个月下来,工程完了,工程队解散了,父亲又骑个自行车早出晚归找工作,每天早晨准时出发。我指着父亲的背影对母亲说,他现在的工作就是找工作,你看他忙乎的。母亲叹道,你爸爸是个好人,可惜他太无能了。连找工作都这么认真负责,还能下岗,难道真的是人背不能怪社会?

一天,父亲骑着一辆旧三轮车回来,说是要当老板,给自己打工。

我对母亲说,就他这样的,还当老板?我对父亲的蔑视发展到了仇恨,因为父亲整天骑着他的破三轮车拉着货,像个猴子一样到处跑。我们小区里回荡着他的身影,他还经常去我的学校送货,让我很是难堪。在路上碰见骑三轮车的父亲,他就冲我笑一下,我装作没有看见不理他。

有一次我在上学路上捡到了一块老式手表,手表的链子断了,我觉得有点熟悉。放学路上,我看见父亲车骑得很慢,低着头找东西,这一次父亲从我面前经过却没有看见我。中午父亲没有回家吃饭,下午上学时我又看见父亲在路上寻找。晚上父亲笑嘻嘻地进门,母亲问,中午怎么没有回家吃饭。父亲说,有一批货等着送。我看了父亲一眼,对他突然产生了一种从没有过的同情。后来才知道,那块表是母亲送给父亲的惟一礼物。

有一天,我在放学路上看见前面围了好多人,上前一看,是父亲的三轮车翻了,车上的电冰箱摔坏了,父亲一手摸着电冰箱一手抹眼泪。我从没有见父亲哭过,看到父亲悲伤的样子,慌忙往家跑。等我带着母亲来到出事地点时,父亲已经不在了。晚上父亲进门笑嘻嘻的,像什么事也没发生一样。母亲问,伤着哪没有?父亲说,什么伤着哪没有?母亲说,别装了!父亲忙笑嘻嘻地说,没事,没事!处理好了,吃饭。第二天一早,父亲又骑三轮车走了。母亲说,孩子,你爸爸虽然没本事,可他心眼儿好,要尊敬你爸爸。我点了点头,第一次觉得他是那么可敬。

我和爸爸不讲话已经成了习惯,要改变很难,好多次想和他说话,就是张不开口。父亲倒不在乎我理不理他,他每天都在外面奔波。我暗暗下决心一定要考上大学,报答父亲。每当我学习遇到困难或者夜里困了,我就想起父亲进门时那张笑嘻嘻的脸。

离开家上大学的那一天,别人家的孩子都是打"的"或有专车送到火车站,我和母亲则坐着父亲的三轮车去。父亲就是用这辆三轮车,挣够了我上大学的学费。当时我真想让我的同学看到我坐在父亲的三轮车上,我要骄傲地告诉他们这就是我的父亲。

父亲把我送上火车,放好行李。火车要开了,告别时我再也忍不住了,终于大声喊道,爸爸! 除了大声地哭,我一句话也说不出来。父亲笑嘻嘻地说,这孩子,哭什么!

伟大而感人的爱

赏析／小红帽

家是人生的港湾,所以家是温暖的。家之所以温暖,是因为有着一份浓浓的爱在默默地支撑和保护着它。这份爱在抵挡着一切凌厉的风雨、冰雪,但这份爱并不张扬,它只是在默默地燃烧着自己,用以照亮着别人。

《把笑脸带回家》是感人的。父亲在工作和生活里遭遇的不幸、艰苦和辛酸是很残酷的,但回到家里的父亲呈现给家人的却总是"笑"和平静。

父亲并非就一定是很乐观,但父亲却要给家人带来生存的勇气和信心;父亲并非就一定很坚强,但父亲明白到自己绝不能给家庭带来任何的忧伤和绝望;父亲也并非是没有情感和不在乎家人(特别是儿子)的冷遇,只是父亲知道要支撑起这个家就得默默忍受这一切。

可怜天下父母心!

睡不着我们可以吃安眠药,吃不下可以吃开胃药,不开心又可以吃什么药呢?

爸爸的三个愿望

● 文/佚 名

某一天,老师出了一个家庭作业,是要每个小朋友当个小新闻记者,去访问自己的爸爸,看爸爸们有三个什么愿望。

有一个小朋友一回家,等着爸爸下班回来就跟爸爸说了这作业,然后就开始访问起爸爸了。爸爸先把他的家庭作业看了一下,一开头都是问一些基本的资料,所以很快就访问完了。最后是爸爸的三个愿望。小朋友用愉快且充满期待的口吻问爸爸:"爸爸,你的第一个愿望是什么?"然后就停下来看着他爸爸,希望从他爸爸口中听到一个很了不起的答案。但是,他爸爸只对他说:"希望吃得下。"

小朋友马上叫了一声:"爸,这算什么答案呀?这个愿望那么平常,可不可以换一个呀?"

爸爸说:"孩子,你只是一个小记者,你不能左右被访问人的答案呀。不管被访问的人说什么,你都要明明白白的写下他的回答,才是一个好的记者呀!"小朋友只好不情愿的写下他爸爸的回答:爸爸的第一个愿望是吃得下。

小朋友又充满期待地问:"爸爸你的第二个愿望是什么?"

"睡得着。"听到这里,小朋友又大叫了一声:"爸!别人的爸爸都在帮他们的小孩得高分,而你却一直害我。"

爸爸又把他的话重新说了一次:"孩子,你只是一个小记者,你不能左右被访问者的答案,被访问的人说什么你都要明明白白的写下他的回答,才是一个好的记者。"小朋友又只好很无奈的写下了:爸爸的第二个愿望是睡得着。

小朋友又开始问爸爸的第三个愿望了,而爸爸回答他:"希望笑得开。"只见小朋友很不高兴地说:"爸你别害我啦。"爸爸只好叫他去问他妈妈,看他妈妈怎么说。只见小朋友跑去问完妈妈,回来就自动的写下:"爸爸的第三个愿望是希望笑得开。"因为妈妈的回答跟爸爸是一样的。

爸爸看小朋友不是很满意,就对小朋友说:"要不你可以在最后写上你的看法呀!"小朋友于是在最后写上:"我的爸爸每天回来就是看报、看电视、什么都不做,袜子都乱丢,且喜欢挖鼻孔和扣香港脚,虽然这样,但是我还是很爱我的爸爸。"

隔天,小朋友从学校回来了,爸爸问他,他的作业几分。他回答:"九十八分,全班第一高分,老师说,师丈最近失业了,所以睡不着、吃不下、也笑不开。"

完整的人生

赏析／萧飞雪

在现代社会里,失业下岗、商场失意、物欲诱惑、功利烦扰、飞来横祸等等都在困扰着功利而又烦躁的成人们。于是,成人们自然而然患上了睡不着、吃不下也笑不开的时代病。

吃得下、睡得着和笑得开是我们最普通、最不屑、最不以为然的事情。我们总是希望快点长大,快点成熟,总是用羡慕的眼光观察成人的世界。而在成人的眼光里,吃得下、睡得着和笑得开这些最低限度的琐事却是他们最幸福的愿望和最迫切的需求。为什么会这样呢?一个完整的人生到底又是什么样的呢?

睡不着我们可以吃安眠药,吃不下可以吃开胃药,不开心又可以吃什么药呢?

父亲已在心中对我们说过千万次"我爱你"，我们又何必在乎用不用语言表达呢？

父　爱

● 文/苏　童

　　关于父爱，人们的发言一向是节制而平和的。母爱的伟大使我们忽略了父爱的存在和意义，但是对于许多人来说，父爱一直以特有的沉静的方式影响着他们。父爱怪就怪在这里，它是羞于表达的，疏于张扬的，却巍峨持重，所以有聪明人说，父爱如山。

　　前不久在去上海的旅途上我带了一本消遣性的杂志乱翻，不经意间翻到了一篇并非消遣的文章，是一个美国人记叙他眼中的父爱。容我转述这个关于父爱的故事，虽说是一个美国人的父亲，但那个美国父亲多少年如一日为儿子榨橙汁的细节首先让我想到我的父亲。我父亲则是几十年如一日地早起，为儿女熬粥，直到儿女们一个个离开家庭。我一直在对比中读这篇文章，作者说他每次喝光父亲榨的橙汁后必然拥抱一下父亲，对父亲说一声"我爱你"，然后才出门。那个美国父亲则接受儿子的拥抱和爱，什么也不说。拥抱在西方的父子关系中是一门必备课，我从来就没有拥抱过我的父亲，但我小时候每天第一眼看见父亲时必然会例行公事地叫一声："爸爸"。到我长大了一些，觉得天天这么叫有点儿烦人，心想不叫他他还是我爸爸，有时就企图蒙混过去。但我父亲采取的方式是走到你前面，用手指指着自己的鼻子，我就只好老老实实一如既往地叫："爸爸！"奇怪的是那美国儿子与我一样，他说他有一天也厌烦了这种例行公事似的拥抱，喝了父亲的橙汁径直想溜出去，那个美国父亲就把儿子挡在门前了，说：

"你今天忘了什么呢？"这时候我仍然在对比，我想换了我就顺势说，"谢谢您提醒我"，然后拥抱一下了事。但美国的儿子毕竟与中国的儿子不同的，他想得太多要得也太多，贸贸然提出了一个非常强硬的问题，说："爸爸，你为什么从来不说你爱我？"这个美国儿子逼着他父亲说那三个字，然后文章最让我感动的细节就出现了：那个父亲难以发出那个耳熟能详的声音，当他终于对儿子说出"我爱你"时，竟然难以自持，哭了出来！

我读到这儿差点也哭了出来，我仍然在对比我所感受的父爱。我想我永远不会逼着我父亲说"我爱你"，我与那个美国儿子惟一不同的是，知道就行了。父爱假如不用语言，那就让我们永远沐浴这种无言的爱吧。

父爱无声

●文／黄忆龙

父亲不像母亲那么善于表达自己对孩子的关怀和爱意，不像母亲那样把爱表达得那么具体，所以相比之下父亲悄无声息的表达方式，很容易让孩子忽略，甚至于怀疑和误解。

小说对比了中西方父爱的表达式，发现它们惊人地相似：父亲都是无声地表达自己的爱，只要求儿子叫一声"爸爸"或得到孩子的拥抱和一声"我爱你"，而自己从不会把"我爱你"三个字挂在孩子耳边，即便是直率爽快的西方人，也一样难于启齿。

父亲已在心中对我们说过千万次"我爱你"，我们又何必在乎用不用语言表达呢？

其实父爱最准确的阐释是：父爱像禅。不方便问，不容易说，却只能领悟。

父爱如禅

●文/倪新宁

那一天的情景，在我困倦、懈怠的时候，在寂寞的午夜，如电影中的慢镜头，清晰地浮现在眼前……

一九九一年秋天，大学新生报到的日子。清晨四点钟，父亲轻轻叫醒我说他要走了。我懵懂着爬起身，别的新生都在甜美地酣睡着，此刻他们心里该是怎样一个美好而幸福的梦想啊！而我由于心脏病，学校坚持必须经过医院专家组的严格体检方能接收。前途未卜，世路茫茫，一种被整个世界抛弃了的感觉包围着我，心里是一片荒芜与凄苦。待了许久，我说，你不能等我体检后再回去吗？话里带着哭腔。父亲抽出支烟，却怎么也点不着。我说你拿倒了，父亲苦笑，重新点燃，狠狠吸了两口。我突然发现地下一堆烟头，才知道半夜冻醒时那闪闪灭灭的烟头不是梦境，父亲大概一夜未睡吧！

沉默。同学们一片鼾声。

"你知道的，我工作忙。"父亲拿烟的手有些颤抖，一脸的愧疚，"我没有七天时间陪你等专家组的。"

又沉默了好久，烟烧到了尽头，父亲却浑然不觉。我说你走吧，我送送你。

父亲在前，我在后，谁也不说话，下楼梯的时候，明亮灯光下父亲头上的白发赫然刺痛了我的眼睛。一夜之间，父亲苍老了许多。

白天热闹的城市此时一片冷清，路上一个行人也没有，只有我们父子俩。一些不知名的虫子躲在角落里哀怨地怪叫着。

到了十字路口,父亲突然站住,回过头仔细看了我一眼,努力地一笑,又轻轻地拍了拍我的肩头:"没什么事的,你回去吧!"然后转过身走了。

我大脑里一片茫然,只是呆呆地看着他一步步离去,努力地捕捉着昏黄路灯下父亲的身影。我希望父亲再回一下头,再看看不曾离开他半步、他最喜爱的儿子。却只看见父亲的脚步有些犹豫,有些踉跄,甚至有一刹那,父亲停了一下,然而倔强的父亲始终再没转过身。又不知过了多久,我才发现父亲早已在我的视线里消失,转身回去的一瞬间,泪水突然夺眶而出。

七日后体检顺利通过,我兴奋地打电话告诉父亲,父亲却淡淡地说:"那是一定的。"

只是后来母亲凄然地告诉我,在等待体检的那些日子里,平日雷厉风行、干练果敢的父亲一下子变得婆婆妈妈起来,半夜里会突然惊醒大叫着我的乳名,吃饭时会猛然问母亲我在那个城市里是否水土不服,每天坐在电视机前目不转睛地看我所在城市的天气预报……听着听着,我的眼睛潮湿了……

这些事父亲没有提起过,我也从没主动问及过。我明白,人世间的痛苦与劫难,有些是不能用语言交流的,即便是父子之间。父爱如禅,不便问,不便说,只能悟。

相伴一生

赏析／刘超群

父爱像什么？

父爱像大山，深沉而伟岸；父爱像瀚海，辽阔而广博；父爱如老牛，憨厚而忠实；父爱如古井，珍贵而隐晦；父爱像……

其实父爱最准确的阐释是：父爱像禅。不方便问，不容易说，却只能领悟。

倒不是中国人对爱表现得特别含蓄和矜持，而是父爱本身这种深沉和憨厚的特点，注定了它的这种基调。

沉默所以易被忽略。但是被忽略的，却能伴你走过一生。

父亲们的心里都只有一个念头：挺身而出、保护儿女。

父 亲 的 心

●文/叶倾城

清晨，住院的父亲对我说："闺女，你昨晚睡得真香呀，比我睡得还死……"

前一夜，六十岁的父亲突然嗜睡、意识模糊、行为怪异，妈妈、我和我的丈夫慌忙送他入院，大家取钱交钱、答医生问、办手续，乱作一团，父亲不断地站起、坐下、喃喃自语……折腾了半晚。父亲醒来，如大梦一场："我在医院？我怎么会在医院？"医生说他的病只是偶然、暂时的，彻查的各方面指数也都正常。全家人心落了地，才好歹能睡个安稳觉。

听了父亲的话，我只笑笑，想：睡得沉些，也是应该的。

医生过来嘱咐："老爷子，看样子你没睡好。你放宽心吧，有这么好的女儿陪着，你还有什么好担心的！"

父亲默默点头，无语。

父亲病愈出院，偶有一次与我拉家常，说起病房的门：弹簧门，一开一启都无声无息，没有插销大约是不必要，白天黑夜，医生护士川流不息，用脚一抵就开了；而病房的窗，当然也没有铁栅栏。

父亲说："我就怕有坏人进来，对你不利呀……"

所以，父亲方蒙眬睡着，陡地惊醒，转脸看女儿和衣睡在隔邻的病床上，斜扑着一动不动，心略略安了些，又闭了眼。睡意一来袭，父亲又猛地一醒，赶紧看一眼女儿……他的心一直提着放不下，醒醒睡睡,就这样折腾了一夜又一夜。

三十岁的我,看着父亲,简直想不通:有坏人进来,他能怎么样?六十岁的老者,从死亡的悬崖上被拖回来,一整天就喝几口粥,一只手上还插着针,涓滴不已,是生理盐水和氨基酸——他有糖尿病,连葡萄糖都不能打。真遇歹徒,只怕他连呼救都难。

但,他还记得:要护佑女儿。

已婚而没有小孩的女儿想笑,却扑簌簌地落下眼泪。我忽然懂得:这就是父亲。

真 实 的 爱

赏析／杜宏章

不顾实际情况如何,也不管有没有能力,只要出现了危急或存有隐患的时刻,父亲们的心里都只有一个念头:挺身而出、保护儿女。

《父亲的心》这篇文章很典型地剖析了父亲对女儿的爱。一位生病住院、年老衰迈的父亲因为惦记和担忧女儿人身安全而一夜未眠。文章形象、贴切地写出父亲因担忧儿女的安全而表现出的情感。这些细节性的语言、神态和动作看似渺小,实际上却足以见证一位父亲对儿女的一颗炽热的心和一份真实的爱。

这份爱并不很轰烈,但它却很感人。

以小见大,典型恰当,真情流露是本文的一个很大的特点。

父亲的细心和执著成为儿女们永恒的财富,终生享用不尽。

父亲的收藏

●文/张克奇

父亲躬耕于偏僻乡野,却喜欢收藏书籍。

父亲的藏书内容丰富,五花八门。起初是用一个纸箱子装着的,后来又用上了大木头箱子,到现在已收藏了满满八大箱。由于藏书太多,他不得不在原本狭小的房子里单独设置了一间小书屋。

父亲喜欢藏书,却很少读它们。只是每隔一段时间,他就把书籍认真整理一遍。父亲说:虽然很多内容看也看不懂,但只用手摸摸也觉得很满足。真是应了一位作家所说的"抚摩也是一种阅读"。

父亲的藏书曾让不少走街串巷收破烂的人垂涎不已。但每次都被父亲板着的面孔堵了回去。他们一走,父亲便急急地走进书屋,细细地把书检阅一遍,好像那些收破烂的都长着许多无形的手,一进院子就能偷走什么东西似的。嘴里还不住地嘟囔:书是人的才气之所在,把书卖了,不就是等于把人的才气给卖掉了! 其实,父亲的藏书,只不过是我们兄妹几个用过的课本,以及我们随读随扔的一些杂志。

每当逢年过节,我们几只出笼的小鸟一起飞回家中,父亲总要在酒足饭饱之后让我们陪他一起整理那些书籍。目睹它们,我们仿佛又回到了遥远的从前,书上密密麻麻的笔记,真实地记录着我们曾经的努力和奋斗。用心良苦的父亲,您收藏的,哪里是书籍,分明是我们成长的足迹啊!

财　富

赏析／小　雪

　　父亲的细心和执著成为儿女们永恒的财富,终生享用不尽。

　　《父亲的收藏》这篇文章里的父亲的心是很真切的。他把儿女们用过的一些课本和他们随手丢弃的一些小杂志视为财富,如数家珍地收集并珍藏好它们,坚决回绝那些走街串巷收破烂的商贩的收购愿望,并固执地认定书就是人的才气。这里我们可以看出他对儿女们深厚而细微的情感。

　　学识不高的父亲却喜好收藏儿女们用过的书籍,这完全是一种爱屋及乌的做法。

　　父亲的细心和执著其实是儿女们一笔一生都享用不完的财富。

文中当过兵的老爸也有这个癖好——爱钱。

老爸的癖好

● 文/天 水

老爸在中苏(俄)边境当了十多年兵,也就站了十多年的哨,转业后分到镇信用社数了一辈子钱,对钱有一种特殊的感情——与其说对钱不如说对钱上大大小小的国徽有一种特别的感情,退休后还改不了"爱钞"的癖好。

只要见到地上抑或是脏兮兮的垃圾堆,人们有意无意扔掉的小钞、断钞(当然是分分角角,面额大点的才没人那么傻扔在地上呢),他总会很爱惜地拾起,习惯地在身上擦擦,然后戴上老花镜把拾到的断钞小心地装进衣袋里,这动作极像小时候我们在地里拾麦穗的场景。

"爸,不要捡那些脏兮兮的无用的垃圾了。"妻向搬到城里和我们一起住的老爸与其说是叮嘱不如说是抗议,"别人会把您当乞丐的。"

话说多了,老爸倒有些不高兴,脸上布满乌云,我赶忙塞一块水果在妻的嘴里。

但妻的话不是没道理。一天,爸在街上闲逛看到一垃圾桶里有半截一角钱的断钞,就不顾粪臭往桶里抓,一抓就抓出一泡屎,不顾满手的屎硬是抓到了那半截断钞,并把它当宝一样收起来。

街上行人见此情景,纷纷同情老爸,有的主动掏出五角、一元,更有大方的向老爸给了十元。

"快来看看你老爸……"我的一位同学认出老爸,迅速打电话给我。

老爸是高血压,一直是我的心病,我以为老爸出事了电话没接完就急忙打"的"赶到现场,见到此情景稍稍松了口气。

但还是迅速拨开人群,像做贼似的把老爸拉上"的车"逃离现场。

回到家我和妻唱双簧责怪老爸,老爸像当年文革挨批斗。

"你们懂个屁!"老爸没有当年挨批斗那样温顺,向我们吼了起来,"我见到人们践踏人民币心痛啊!"

"那上面毕竟有我们的国徽啊!我见到人们践踏五星心痛啊!"老爸重重地甩门进了自己的卧室:"要是当年你老爷子不挨批斗才怪呢!"

从来没见过老爸发火的妻吓得吐了吐舌头,和我面面相觑:"看来当过兵的才真正理解国徽的含义,看来国家是应该深入宣传一下国旗国徽法啊,不然老爷子都成啥样子哟!"

我突发奇想凑到妻跟前:"要不让老爸到街上义务宣讲或组织他们老年活动中心的同志组织宣讲团?"

征得妻首肯后,我们轻手敲开老爸的门,老爸终于喜上眉梢!

军人的操守

赏析／刘　浪

爱钱,是现在这个商业社会里,大多数人的共同癖好。

在《老爸的癖好》里,文中当过兵的老爸也有这个癖好——爱钱。同是爱钱,但老爸的癖好与普遍人的癖好是有明显区别的。一般来说,普遍人的爱钞的心理多是缘自于物质的要求和生活的需要;而文中老爸爱钱的癖好,却完全是出于对钞票上国徽的感情和五星的爱护。

军人对国徽、对五星的情感是很神圣的使命感。他们最不能容忍的行为就是对国徽、对五星的糟蹋。于是你就可以理解文中老爸的不顾脸面,不顾脏臭,不顾亲人的劝诫,而做的这些令常人感到奇怪或不可接受的行为。金钱能引人犯罪,也能体现崇高。

这就是父亲！对儿子，他有他的远见，他有他的信念。

父亲的音乐

●文/[美]韦恩·卡林 译/魏鸣放

我还记得那天父亲费劲地拖着那架沉重的手风琴来到屋前的样子。他把我和母亲叫到起居室，把那个宝箱似的盒子打开。"喏，它在这儿了，"他说，"一旦你学会了，它将陪你一辈子。"

我勉强地笑了一下，丝毫没有父亲那么好的兴致。我一直想要的是一把吉他，或是一架钢琴。当时是一九六〇年，我整天粘在收音机旁听摇滚乐。在我狂热的头脑中，手风琴根本没有位置。我看着闪闪发光的白键和奶油色的风箱，仿佛已听到我的哥儿们关于手风琴的笑话。

接下来的两个星期，手风琴被锁在走廊的柜橱里，一天晚上，父亲宣布：一个星期后我将开始上课了。我难以置信地看着母亲，希图得到帮助，但她那坚定的下巴使我明白这次是没指望了。买手风琴花了三百块，手风琴课一节五块，这不像是父亲的性格。他总是很实际，他认为，衣服、燃料、甚至食物都是宝贵的。

我在柜橱里翻出一个吉他大小的盒子，打开来，我看到了一把红得耀眼的小提琴。"是你父亲的。"妈妈说，"他的父母给他买的。我想是农场的活儿太忙了，他从未学着拉过。"我试着想像父亲粗糙的手放在这雅致的乐器上，可就是想不出来那是什么样子。

紧接着，我在蔡利先生的手风琴学校开始上课。第一天，手风琴的带子勒着我的肩膀，我觉得自己处处笨手笨脚。

"他学得怎么样？"下课后父亲问道。"这是第一次课，他挺不错。"蔡利先生说。父亲显得热切而充满希望。我被吩咐每天练琴半小时，而每天我都试图溜开。我的未来应该是在外面广阔的天地里踢球，而不是在屋里学这些很快就忘的曲子。但我的父母毫不放松地把我捉回来练琴。

逐渐地，连我自己也惊讶，我能够将音符连在一起拉出一些简单的曲子了。父亲常在晚饭后要求我拉上一两段，他坐在安乐椅里，我则试着拉《西班牙女郎》和《啤酒桶波尔卡》。

秋季的音乐会迫近了。我将在本地戏院的舞台上独奏。"我不想独奏。"我说。"你一定要。"父亲答道。"为什么？"我嚷起来，"就因为你小时候没拉过小提琴？为什么我就得拉这蠢玩意儿，而你从未拉过你的？"父亲刹住了车，指着我："因为你能带给人们欢乐，你能触碰他们的心灵。这样的礼物我不会任由你放弃。"他又温和地补充道，"有一天你将会有我从未有过的机会：你将能为你的家庭奏出动听的曲子，你会明白你现在刻苦努力的意义。"

我哑口无言。我很少听到父亲这样动感情地谈论事情。从那时起，我练琴再不需要父母催促。音乐会那晚，母亲戴上闪闪发光的耳环，前所未有地精心化了妆。父亲提早下班，穿上了套服并打上了领带，还用发油将头发梳得光滑平整。

在剧院里，当我意识到我是如此希望父母为我自豪时，我紧张极了。轮到我了。我走向那只孤零零的椅子，奏起《今夜你是否寂寞》。我演奏得完美无缺。掌声响彻全场，直到平息后还有几双手在拍着。我头昏脑涨地走下台，庆幸这场酷刑终于结束了。

时间流逝，手风琴在我的生活中渐渐隐去了。在家庭聚会时父亲会要我拉上一曲，但琴课是停止了。我上大学时，手风琴被放到柜橱后面，挨着父亲的小提琴。

它就静静地待在那里，宛如一个积满灰尘的记忆。直到几年后的一个下午，被我的两个孩子偶然发现了。当我打开琴盒，他们大笑着，喊着："拉一个吧，拉一个吧！"很勉强地，我背起手风琴，拉了几首简单的曲子。我惊奇于我的技巧并未生疏。很快地，孩子们围成圈，格格地笑着跳起了舞。甚至我的妻子泰瑞也大笑着拍手应和着节拍。他们无拘无束的快乐令我惊讶。

父亲的话重又在我耳边响起："有一天你会有我从未有过的机会，那时你会明白。"

父亲一直是对的，抚慰你所爱的人的心灵，是最珍贵的礼物。

父亲，生命的舵手

赏析／邓丽群

把一份昂贵的礼物送给并不欢喜他的儿子，父亲是执著的。他坚信他的眼光和感受，他相信他送给儿子的礼物会是正确的，是会终身受用的。

这就是父亲！对儿子，他有他的远见，他有他的信念。

父亲是很奇怪的。他平常的日用品的开支总是控制得极其谨慎。但他却舍得花大手笔去购买手风琴，并高薪聘请家庭教师教儿子学习演奏手风琴。人世间里，父亲的爱总是那么的不容易让人理解，让人接受。但事实上它又是那么的正确和那么的实用。为什么会这样呢？愿天下所有的儿女们都能来思考这个问题。

父亲的音乐，父亲的心；父亲的音乐，父亲的爱。

守候雨季的大平

父子是一种永远都无法割舍的血脉联系。

父亲的怀抱

● 文/巩高峰

似乎从一生下来我就是专门跟父亲作对的。这话听着让人心酸，可事实的确如此。

母亲说我和父亲的对立早在我刚出生就开始了。落地才三天，我就有了自己的意愿，就是不愿意让父亲抱。别人抱着好好的，只要父亲伸手接过我，我马上就会嚎啕大哭，常常哭得涨紫着脸上气不接下气。为此，从我有记忆开始父亲几乎就没抱过我。要知道，我可是家里第一个男孩呀。

我八个月时，正值隆冬，全家都躺在一个大土炕上睡，这样即节省柴火又能相互取暖。这在我们那儿是很普遍的景象了，我却不乐意，而且特别不乐意睡在父亲旁边。我一次又一次爬到母亲的另一侧，以达到远离父亲的目的。这惹火了父亲，父亲很没风度地跟我较上了劲，而且他只要一把就能把我半天的努力扯回来。我坚持不懈地表达着我的意愿，直到父亲一巴掌在我屁股上扇出五个指印。这一巴掌让一直不和的奶奶和母亲难得地站到了一边，和父亲大吵起来。

据说后来我还是独自一个人爬到了一边，在炕角冻了半夜后被奶奶抱入怀中。

后来我有了个弟弟，这个弟弟实在是听话、憨厚得让我嫉妒。父亲什么时候抱他他都嘿嘿直乐，连母亲给他喂奶他都没这么高兴。弟弟慢慢大了,他的乖巧顺从让他成了父亲的心肝宝贝。父亲用胡子扎得弟弟乐得快岔了气就成了我们家最温馨的一幕。我则和几个姐姐一样,躲到父亲眼光之外的角落里。我不像姐姐们那样黯然神伤,我向来就是站在父亲的对立面的,我不会为弟弟吃醋。

于是我成了家里的怪异,其实我一直就是个怪异。我既不像姐姐们那样逆来顺受言听计从,也不像弟弟憨实忠诚,让父亲万般疼爱。一点也不意外,我成了父亲的撒气筒。我仔细分析过,几个姐姐是女孩子,当然是不能打的,但父亲总不至于打他的心肝宝贝吧。那就打我好了,我从不意外父亲容易对我动怒。从此,我的记忆里充斥着父亲歪曲发怒的脸。三天一小打五天一大揍,我的童年全是跟父亲一次又一次的对峙。

我从来不在父亲面前哭,特别是在父亲揍我的时候。有时父亲都打急了,失去了兴趣和耐心,我却一如平时,面无表情心若止水。看着我红肿的脸紫黑的耳朵,母亲去求我,你哭几声,求个饶,要不你就跑,一顿打不就躲过去了吗?

我从来不那样做。哭?求饶?跑?那我不是败了吗?主动求败我还跟他对立个什么劲?于是,我和父亲进入了漫长而残酷的拉锯战。父亲对我三五天一次的暴揍就成了家常便饭,就像家里的一日三餐一样,枯燥却不可缺少。

想来我也足够顽皮,我似乎总是能制造出让父亲动手的理由。新裤子总是当天就撕破了裆,新鞋总是没几天就开了口,邻居还时不时为玻璃碎了找上门,那个爱骂街的村妇总是跑到我家门口有目的地蹦跳着。我愿意跟母亲解释,因为我讨厌新衣服新鞋子,那让人太不自在。我讨厌老是指桑骂槐针对我奶奶的邻居,我讨厌处处爱占便宜的那个村妇。但面对父亲的愤怒,我则铁紧着嘴,一言不发。暴风骤雨般的打骂对我而言早自然成习惯了,父亲总有打累骂累的时候,我却总能平静地坚持到纷争的结束。

后来我上学了,从此进入一个新鲜陌生的世界。我喜欢老师的博学多才,喜欢同学的你追我赶,喜欢永远也散不尽墨香的课本,喜欢

守候雨季的女孩

感动系列

125

每天和家里以外的人呆在一起。因为上学,我和父亲的对立少了,少多了。慢慢的,我对父亲的暴打甚至怀念起来。不过父亲对我的注意也少多了,他要为全家的生活和我们姐弟五个的学费忙活着,整日不沾家。

我终于发现我对弟弟渐渐涌起了醋意,虽然我不承认,但事实确实是。因为只要父亲一回来,哪怕满身风尘,哪怕累得要母亲帮忙才迈得进门槛,他都会一把抱起弟弟,把弟弟啃出憋气的笑声。只是弟弟在学校里不够那么讨人喜欢,他似乎并不喜欢上学,每次的成绩单都是红灯高挂。于是我别有用心的把我的成绩单放在弟弟的上面。父亲果然眼前一亮,疑惑道,你都读四年级啦?

夏夜,全家在门口纳凉。半夜,忽然落雨了,父亲一把抱起弟弟,几个姐姐大呼小叫着往屋里搬床。母亲叫我起来,我装作听不见,用眼偷偷打量急切地抱着弟弟的父亲。雨点打在身上有点疼,但我犯着犟。在母亲来拧我的手刚要触到我耳朵的时候,父亲回来了。父亲一把推开了母亲,俯身把我抱了起来。恍惚中,我听到了父亲有些吃力的喘息,闻到了陌生而好闻的烟草味,只是那味道有些呛人。

腾空而起后,我终于体会到了老师一再逼迫我们练习的那首歌的感觉——月亮在白莲花般的云彩里穿行……

父子间的引力

赏析／付自华

　　自小"我"和父亲在沟通上出现了问题,于是走上了漫长的对抗之路。儿子总有让父亲动手的理由,而父亲也从不手软。但父子之间的天性又促使他们接近:儿子始终希望得到父亲的关注和关心,父亲则是希望儿子有出息。

　　父亲抱起装睡的"我"的那一刻,父亲隐藏在严厉后面的温情一下子展露了出来,"我"这才深切地明白,原来父爱就在自己身边。

　　父子是一种永远都无法割舍的血脉联系,儿子就像地球,父亲就像太阳,他们看起来相隔很远,但父亲却会紧紧环绕着儿子,因为他们之间有相互的引力,这种引力叫爱。

在现实里，父爱因为沉默，所以容易被忽略，也容易被误解。

冷冰冰的继父

● 文/赵再年

穷山沟里的娃娃常青把大学录取通知单看了两遍，又塞回到枕头底下。大学对他来说似乎是个无法实现的梦，母亲在外屋操持着什么，这些天母亲明显地憔悴了，那是愁的啊！唉……母亲的叹息声，隔着薄薄的门帘传了进来，常青知道，她在等继父的消息。

这些天，母亲一直在为常青借学费，可每次都是失望而归。在这个十年九旱的山旮旯里，"穷"就像一个永远无法摆脱的梦魇，借钱谈何容易。常青实在不忍心母亲天天去求人，早上他对母亲说，他不想上大学了，明天要上城里打工去。母亲怔了一下，就眼巴巴地望着继父。继父停下手里的活儿，说："午饭别等我，你们吃。"背着手走了。

对继父，常青不抱什么希望，因为这些天，继父对他上大学的反应就像他手里摆弄的石头，冷冰冰的。常青是十五岁那年，随母亲嫁过来的，他知道母亲之所以嫁给这个男人，就是想让他继续读书，好有出息。这使常青心里常常有种含屈受辱的感觉，甚至对继父也有种连他自己都说不清楚的敌意。从那时起常青就抱定一个念头，读书，有出息后把母亲接出去。平日常青住校，只有放寒暑假才回家住上一阵子，面对这个黑瘦、沉默寡言的男人，他的心也像一块石头一样，冷冰冰的。

起风了，狗叫了，院门吱哪一响，传来熟悉的脚步声，继父回来了。常青下意识地直起了耳朵。"回来了？"母亲问。"哎。""吃了没？"

"没。"接着是碗筷的声音,"这是五千元,给娃上学用吧。""找谁借的?"母亲惊喜地问。"矿上,我找他们一说,他们挺痛快,就借了。""他叔,这钱咱不能借,快给人送回去。""咋送,字据都立了,干半年,也值。""他叔,我们娘儿俩不值得你这样,常青爹,就是死在那儿的。"母亲哭了。常青用被子蒙住了头,泪水涌了出来。

第二天一大早,常青和继父出了家门,继父在前,他在后。五里外是个岔路口,继父要从另一条路到矿上去。继父停下说:"出门在外,照顾好自个儿,安顿好,给你娘来封信,别让她惦记着。"常青也很想说句你也多保重之类的话,可话到嘴边,却什么都没说出来。继父冲他挥挥手就顺着山坡走下去了。常青突然觉得他的背驼得好厉害。

常青走出了一段路,无意间回望了一眼,却见继父竟站在他们分手的地方一动不动地望着他。常青的眼睛就模糊了,他忙回头,用衣袖狠狠地抹了一下,加快了脚步。

常青到校,第一天就给家里写了封信,开头他写道:爸妈,天气凉了,两老多保重身体……

沉默的爱

赏析/刘　浪

　　大多数中国的父亲的"爱"都表现得沉默寡言。他们只会把这份爱深深地埋藏在他们的心底。于是中国的父亲们常常被误解，遭冷遇。但他们从来都没有任何的怨言，更不会有丝毫改变关爱儿女的衷肠。中国的父亲们是很伟大的。

　　在《冷冰冰的继父》这篇文章里，那位被常青认为冷冰冰的继父，是一位很寡言、很憨厚的父亲，不懂得去表达他的爱。但他真的是冷冰冰的么？他为了让继子可以如愿地去上大学，竟置自己的安危不顾，置自己的衰老不顾，毅然选择了去危险而又粗重的矿上打工，以换取儿子高昂的学费。

　　在现实里，父爱因为沉默，所以容易被忽略，也容易被误解。所以天底下的儿女们往往无意地在伤害着这份爱。这是一个令人痛心的问题。

父亲就是用这些平凡、浅显而有针对性的字眼编织了一份淡淡的爱意。

父亲给我的二十四个字

● 文/佚　名

父亲四十岁那年有的我,在我的记忆里,好像没有体会到那震撼心灵的父爱,私下里自认为是在缺少父爱的环境中长大的。

在小学一年级的时候,父亲送给我一个塑料皮文具盒,那个时候,很稀有的,我为此兴奋了好长一阵子,甚至在一次想到死时,因舍不得这个文具盒放弃了这个念头。

十一岁上,父亲好像是有病了,每天都在家,那是我和父亲在一起最长的时间,那段时间里,父亲教我掂乒乓球,可惜,我学的始终不好,受这影响,我在三十岁的时候,学会了打乒乓球,还参加了单位组织的比赛。

十八岁那年,我考上了大学,其实父亲是不愿意我上大学的,女孩子早点上班有个工作就行了,可我执意非上大学不可,父亲也就顺了我,我走的时候,父亲给了我一张小纸条,上面是毛笔写的三行十二个字:"锻炼身体,遵守纪律,好好学习"。我拿着这张纸条,浸着泪花,上了火车。我实现了我从小的理想,离开这个家,离得越远越好。

大学毕业那年,我放弃留在外市的念头,打点行装回家,因为我害怕孤独的时候,只有一个人在那哭。父亲没有意见,只是从来不求人的他破天荒的给他的老友私下打了电话,我鄙视他的行为,自认为能走进机关是靠自己的才能学识所在。上班的第一天,父亲很严肃的把一张纸条摆在我面前,还是毛笔写的三行十二个字:"好好工作,好好为人，不要迟到。"

父亲常常说我，手无缚鸡之力，被母亲养成娇小姐了，应该送到农村多多锻炼才是。

父亲常常说我，总爱看外国的电视剧，资产阶级思想严重，应该多多学习才是。

很久以后，我懂得，其实，父亲对他的孩子是喜爱的，只是不苟表达罢了。

平凡中显真情

赏析／刘婷婷

"锻炼身体，遵守纪律，好好学习、好好工作，好好为人，不要迟到"。二十四个字，字意并不高深，理也并不深奥，但平字俗语里，父亲的用心和爱意却跃然纸上。

去上大学，父亲要求儿女做好学生职分；参加工作，父亲告诫儿女要明白事理、注意细节。父亲就是用这些平凡、浅显而有针对性的字眼编织了一份淡淡的爱意。

本文并没有刻意去渲染一种感人肺腑的爱；也没有写出那种"高、大、全"的父亲。文章只是随意拾取一些生活片段，记述了一些很微小的事情，而且很真实地写出了父亲的情感和行为。但正是这些普通细节让我们看到了父亲那颗炽热的心。

其实，很多时候平淡的才是最真的！

这样的人是谁？这人就是父亲。

压 岁 钱

●文/马贵明

快过年了,爹决定到县城卖一车大柴。

我嚷着要去,爹说怪冷的,路又远。娘说去就去吧,孩子还没进过城呢。

爹没再言语。

半夜里,娘就把我叫醒。我懵懵地起来,把腿伸进冰冷的裤管。我要洗脸,娘说别洗了,风一吹脸就皴了。在锅台边喝了一碗娘刚熬好的苞米粥,我们就出门了。

头晚柴已装好了,满满的一车。天很冷,爹把一件破大衣扔在柴上,把我抱了上去。

我怀里抱着娘给烙的烙饼,苞米面和一点白面,再放些葱花的那种。热乎乎的,整个身子都温暖着。

老车在铺满积雪的乡路上吱呀吱呀地走,我家那匹老辕马很瘦,前面那头骡子是昨夜爹跟刘二叔家借的,拉得很吃力。

爹问我冷不冷,我说不冷。我就躺在车上面数星星。

数着数着我就睡着了。爹推推我说,醒醒,到了,下地走走,暖和暖和。

我睁眼一看,车已停了,到了县城,牲口正在吃草呢,县城没有书里写得那样繁华,人也不多。

离我们不远,有几个人围着一口冒着烟的锅在买什么。我问爹,那是什么。爹说那是油条。我说好吃吗？爹说当然好吃。我吸了吸鼻子,果然有很香的味道。我想走过去看看,可我不敢。

有人过来问,大柴多少钱一斤？爹说三分。那人问二分卖不？爹说不卖。

那人慢慢地走了。

街上的人渐渐多了起来,他们都轻松地走着,穿着各色大衣,有的嘴上还蒙着一块白布,爹说那叫口罩。

快到晌午,才又有一个人过来问柴价。

爹说:三分。

那人说:二分吧。

爹说:那二分八吧。

那人说:二分五卖不？

爹说:那就二分五。

那人说:能有多少斤？

爹说:一千多斤。

于是,爹又把我抱上车。那人说:就算一千斤吧。爹说:还是秤称公道。

车子吱呀吱呀地跟那人走了。

那人住在一条很小的巷子里,爹把柴一块块卸下来,用绳捆了,再一次次用大秤称。每称一次,那人在纸片上记一次。那人真笨,这点账还记干吗？

每称完一次,爹就把柴抱进那家院子里码好。爹抱,我也抱。那人说:小家伙,挺能干。

那人问:你们哪的？爹说:永头乡的。那人说:挺远吗？爹说:不远。

抱完,爹问:多少斤？

那人说:我算算。

我说:一千一百一十二斤。

那人瞅我笑了笑,一会儿,他说:是一千一百一十二斤,这小孩子还挺聪明。

爹也笑了笑说:就算一千一百一十斤吧。

那人说:不用抹,你们也不易。

爹接过那人递来的钱,数了两遍,点了点头说:对对,正好二十七块八。

爹把车赶出小巷,停在一个菜市场头上。爹说:饿了吧? 我点点头。爹说:你吃饼吧,我去买点肉,你在这儿一定不要走开。

爹去了,我从怀里摸出烙饼,不很凉,好香,我一气吃完了四张烙饼,才想起没给爹留。爹买了两棵大白菜,四个大萝卜,一扎芹菜,还有一捆粉条。爹割了二斤三两肉。

我说,烙饼都叫我吃了。

爹笑着说:爹不饿。

到了买油条的地方,爹停了车,过去说,买油条。我看那边筐里只有两根又小又蔫的油条。爹说,减点吧,我买了。卖油条的一个胖妇人说,那就五分吧。

爹把油条递给我:你吃一根,给你娘留一根。我吃了,那味道很香,很香。那一天,爹没有吃东西。回到家时,又是满天星斗,爹喝了三碗苞米粥。腊月三十那天,爹给我五分钱硬币,说,过年了给你压岁钱。

那五分钱我好久好久没有舍得花,春天里,娘又借去买了一盒洋火,还给我三分钱。

那一年,我整整十岁,第一次拥有压岁钱。

细雨润心田

赏析／柳如云

　　总是惦记着儿子的饥饿，总是关心着儿子的冷暖，总是把好吃的都让给儿子，总是在尽量地想方设法去满足儿子的要求和愿望……

　　这样的人是谁？这人就是父亲。

　　《压岁钱》通过记述儿子跟爹卖柴的一天经历，刻画了一个疼爱儿子的爹。文章还写到爹给了儿子的第一次的压岁钱。

　　对于身处一个困苦家庭的农家儿子来说，在十岁的时候领到第一次压岁钱不能不算是件幸福的事情。这等于爹又把一份信任给了儿子。爹平时处处节俭，处处为难自己，却能时时为儿子着想。

　　爹的爱是很细微的，也很淳朴的。但正是这份细微而又淳朴的爱感动了千千万万中国的儿子，激励着我们茁壮成长。

白杨礼赞

守候雨季的大伞

一路上都无语。我觉得父亲的脚步就踏在我的心扉，沉沉作响。我一直都低头跟在父亲身边，没敢看父亲，怕父亲那一脸的岁月会碰落我的泪水。

有了这份人间真情，患上白血病的穷苦人家，也并不用怕了。

爸爸是只大猩猩

● 文/宋新华

自从小芳患上白血病，花光了家里的全部积蓄。亲朋好友虽伸出了援助之手，但也只是杯水车薪。本来已经到了不惑之年，他却一片茫然。下岗后，他的脾气变得异常暴躁。在家里他常常望着天花板发呆。女人从自由市场转来转去买回的菜，他还嫌贵。曾为五分钱竟引起过一场家庭战争。

他不间断地在职介所穿梭，好不容易才找到了一份差事。于是对家里说：招聘到火车站搞零担装卸……女人和孩子脸上自然有了一丝笑意。

女人在一家带死不活的企业做纺纱工。十五年前，厂里辉煌时，与男人结的婚。这朵娇艳的"厂花儿"，历经岁月蹉跎。一头乌亮的头发，变得稀疏、干燥；丰腴、白皙的脸上，平添了几许褶皱。

为了满足女儿也许是最后的一次愿望，她特意请了假，一大早，两人便乘坐开往郊外的长途车，直奔一家民营野生动物园。

"妈妈……我要看大猩猩表演。"

女人毫不犹豫地买了票。攥紧女儿的手，融进人流中。

中伏天，不见一丝风，闷热得像蒸桑拿。可爱的大猩猩一会儿打着秋千，一会儿在高低杠上上下翻腾。高超的技艺，引得场外的孩子阵阵欢呼、雀跃。大猩猩呼呼地喘着粗气。下一场，将是踩钢丝表演，被称作超级"达瓦孜"。

为了看得真切,小芳钻到游客最前面,同时把手里惟一一只香蕉用力丢给了大猩猩。

大猩猩望着她,良久。流出了眼泪。

多么通人性呀!

人们晃动着身体,争相抢喂大猩猩食物。

突然,一位小孩掉进大猩猩的表演场!小孩惊惶,吓得浑身颤抖。上边游客大声疾呼:救人! 救人!

正在这时,大猩猩却说话了:"小朋友,请不要害怕……"说着脱下了披在身上毛呼呼的"衣服",露出人的脑袋。他的脸上缀满了汗珠,浑身上下,通体湿透。

哦,原来是一个披着猩猩皮的人!

小女孩有惊无险。

游客一片哗然。

当小芳一眼认出是自己的父亲时,她不顾一切地牵起妈妈的手。

那位扮演大猩猩的男人,满怀深情地抱起小孩,激动地走向看场。他向大家深深地三鞠躬,满含愧疚地说:"请大家谅解……其实在我的家里,也有一位像她这般花朵儿一样可爱的女孩,不幸的是一年前她却患上了白血病……"男人哽咽着,"只得舍出我这张老脸……"

"爸爸——!"小芳挤出人群,一头扑倒在男人的怀里。女人紧随其后,泪水模糊了眼睛。

霎时,人们的目光已由最初的愤怒,继而转向理解、同情、佩服。纷纷从各自的挎包、口袋里捐出一张张人民币,递到男人那双粗糙、宽厚的手心里。

人间真情

赏析／梁　炜

患上白血病是可怕的,患上白血病而无钱医治更是可怕的。

一个年届不惑的下岗职工,面对着一个患有白血病的儿女和同样是在下岗边缘挣扎着的妻子的时候,他的心境一定是郁闷、迷惘与惨淡的。一个人的生存底线是什么?是人格,是尊严。你会放低人格、放低尊严地去扮演一个既丑又笨的大猩猩供游人赏玩和嘲弄吗?如果你是一个正直的人,你会违心地欺骗观众和家人的善良感情吗?

为了挽救患有白血病的女儿,文中的爸爸就会。

你看不到他的痛苦和辛酸。因为这痛苦和辛酸掩盖在他那份沉甸甸的爱女儿、爱家庭的情感里面了。

有了这份人间真情,患上白血病的穷苦人家,也并不用怕了。

父亲爱儿子,总是把爱镶嵌的很深,让人不易察觉。

儿子的肖像画

●文/佚 名

这天,父亲收到了一封信。信上说:"我们遗憾地通知您,您的儿子在战斗中失踪了。"听到这个消息,父亲的心都碎了。他对儿子的爱非常之深,此时他真切地感受到了儿子对他是多么的重要。

几个星期之后,父亲收到了另一封信。这封信将父亲的心一下子撕成了两半。信上说:"我们满怀悲伤地告诉您,您的儿子他牺牲了。"父亲痛苦得几乎不能读完信。

"你的儿子本已安全地返回了阵地。可是他看见战场上有许多受伤的战友,于是他又冲进战场,一个又一个地把战友们背回到安全地带。当他背着最后一个战友返回阵地时,一颗子弹击中了他,夺去了他的生命……"

一个月过去了,圣诞节到了。悲伤的父亲甚至连起床的兴致都没有。他完全无法想像,没有儿子的圣诞节该怎么过。就在这时,门铃响了。他迈着蹒跚的步履走下楼,打开房门,只见一个年轻人站在门前,怀里抱着一个包裹。

年轻人说:"先生,您不认识我。我就是那个受伤的士兵。您的儿子就是在救我的时候牺牲的。"

他顿了顿,又说:"我不是一个富人。我没有什么值钱的东西可以用来报答您儿子的救命之恩,您的儿子曾说起过您对艺术的热爱,所以,虽然我算不上是一位画家,但是我仍然画了一幅您儿子的肖像画,希望您能够收下。"

父亲接过包裹,回到屋里。他小心翼翼地拆开包裹,儿子熟悉的笑容浮现在眼前。父亲的眼睛模糊了,他浮想联翩。他把画像紧紧地贴在胸前,一步一步地迈进美术收藏室,然后,取下悬挂在壁炉上方的伦勃朗画像,把儿子的肖像画挂了上去。

转过身来,父亲已是泪流满面。他告诉年轻人:"这是我最值钱的收藏品。对我而言,这比我所有的其他收藏品都更有价值。"

父亲与年轻人一起吃了一顿饭,共同度过了圣诞节。几年以后,父亲病重去世。他的死讯很快传扬开来。人们都知道他一生收藏极丰,过世后必定会有盛大的藏品拍卖会。

最后,拍卖会宣布将在圣诞节举行。全世界的博物馆馆长和私人收藏家们蜂拥而至。

人人都急切地盼望着能够买到拍卖的珍品。

房子里挤满了求购的人们。拍卖人终于站了起来,说道:"感谢各位前来参加拍卖会。今天拍卖的第一件作品是我身后的这幅肖像画。"

人群后面有人喊道:"那不过是那老头的儿子的画像而已,为什么不干脆跳过它,开始拍卖那些真正的珍品呢?"

拍卖人解释说:"我们得首先卖掉这幅画像,然后才能继续。"

拍卖人问道:"有人愿意出一百美元开始竞买吗?"台下鸦雀无声。于是他又问道:"有人愿意出价五十美元吗?"仍然无人响应。于是他又问道:"有人愿意出价四十美元吗?"还是没有人想买这幅画。拍卖人非常尴尬:"没有人想买这幅画吗?"

一个上了年纪的男人站了起来,问道:"十美元您会卖吗?您看,我只有十美元。我是他家的邻居,我认识这个男孩,我看着他长大,非常喜欢他,我愿意买下这幅画像,所以,十美元您肯卖吗?"

拍卖人叫价道:"十美元第一次,十美元第二次,成交!"人群中爆发出阵阵欢呼。人们都叹了一口气:"哦,天哪,现在我们总算可以购买真正的珍品了。"

拍卖人随即说道:"感谢各位前来参加拍卖会。我们非常荣幸今天有各位的到来,拍卖会到此结束。"

人群变得非常愤怒,说道:"你说拍卖会结束了,这是什么意思?其他的那些艺术品你根本没有开始拍卖呀!"

拍卖人解释道:"对不起,各位,拍卖会已经结束了,根据那个父亲的遗嘱:谁买了他儿子的画像,谁就得到了所有的收藏品!"

鲜 活 的 心

赏析／邓杰文

"权,然后知轻重;度,然后知长短。"人世间,一切的东西都可以量度,惟独父母爱儿女的感情不可量度。金钱量度不了,物质量度不了,荣耀更加量度不了。

读《儿子的肖像画》一文,我们就能看到那位老收藏家的那颗爱儿子的鲜活的心。如果说老收藏家在听到儿子在战斗中"失踪"和"牺牲"时的"心碎"和"心撕裂"还不足以表达他的情感,那么在拍卖会上他儿子的那幅只值十美元的肖像画却包含了老收藏家毕生收藏的珍品的价值,总足以印证老收藏家的那份深挚的爱子情愫了吧?

父亲爱儿子,总是把爱镶嵌的很深,让人不易察觉。只是,这份爱总会在不自觉的行动中和不经意的情感里流露出来!

这种父爱爱得很细致，爱得很深沉，也爱得很真实。

孩子，你那边有雨

● 文/佚　名

　　一天夜里，就要熄灯睡觉时，我突然有些想家，想念千里之外年迈的父母。我拨通了那串解密思念的数码，接电话的是父亲，他着实为我的深夜来电吃了一惊：出了什么事儿？我赶紧说没事，刚才突然想家，想说说话。说什么话，深更半夜的，你妈睡着了。威呢？是不是也睡了？父亲肯定还是怪我的来电不合时宜，但言语中掩饰不住意外的惊喜。

　　其实我的妻威也已甜甜地睡了。我和父亲怕惊动各自的妻子，像两个淘气的孩子，小声小气地你一句我一句地说着。父亲说家里很好，他和母亲身体都挺好。要我别惦记这边，好好照顾威，好好工作。我说我俩也很好，都比刚结婚时胖了，过几天我们打算照张相寄回去。最后我说时间不早了，爸，你搁了电话，睡觉吧。父亲停顿了一会儿，我猜一定是抬头望了一眼那座老钟。是不早了，你也歇吧，对了，你明天上班带上伞，你那边有雨。你怎么知道呢？偶然从电视上看的，说你那边有雨。

　　放下电话，我怎么也无法睡着。千里之外，父亲却时刻关注着我这边的阴晴冷暖。记得我上大学临行前，母亲放心不下，又是棉衣又是药物地往包里给我塞。父亲说，不用挂念他，他不是孩子了。说归说，我走以后，父亲却每天都要到车站转上一圈。结婚后，我和妻住在一间平房里，有一天卧室钻进了很多煤烟，妻子反应强烈，住进了医院。父亲得知后没几天，居然一个人拄着手杖背着包，坐了一天一宿的火车来了。我接过包感觉很重,打开一看,竟装满了斧子、瓦刀、泥板子之类的工具。父亲说,我来给你们拾掇拾掇暖气和炉子,总冒烟哪儿能行。

年届七旬、胃被切除四分之三的父亲可能一路也没舍得吃一片面包,坐下来一口气吃了两大碗面条。妻在厨房看着那堆粗糙的维修工具禁不住落泪。我安慰妻说,老爷子一辈子了,就这样。去打个电话告诉家里,爸平安到了。

与父亲深夜通话的第二天,原本晴朗的天空,转眼乌云密布,果真下起了雨。全单位只有我一个人带伞,大家感到非常惊奇。我站在窗前,窗外大雨如注,我不知道父亲那边下雨还是天晴,但我知道,他一定站在老屋窗前翘首望着我这边。父亲老了,不能再为儿子撑起一片天空,但千山之远,万水之隔,父亲仍能为我和妻送来一把温暖的伞,在这个宽厚如昔日父亲臂膀的伞下,我们的每一个日子都晴空万里,灿烂如花。

感人的父爱

赏析／毕晓燕

父亲对儿女的爱确实不像母亲对儿女的爱。

更多的时候,父亲的表现总是那么的心口不一:明明是心里非常惦念着儿女们的生活情况,但口头上往往却多怪责儿女们在没事的情况下打电话给他们;明明是很关心儿女们的工作环境(甚至包括关心儿女们那里的天气情况和居住环境等一些很琐碎的情况),却多在儿女面前表现出一副漠不关心、毫不在意的样子。我的父亲是这样,很多的父亲也是这样!

父亲经常关心儿女,并爱屋及乌地关心起儿女那边的天气情况,却常常体现为被误解和忽略。这种父爱爱得很细致,爱得很深沉,也爱得很真实。

那一年父亲牵回一头骡子

● 文/佚 名

那一年我五岁，五岁的记忆里只有一个热热闹闹的场院。"队里要分牲口了！"这消息像长了翅膀一样迅速传开，已习惯开会的社员在很短的时间内聚集到生产队的场院里。

每个人的脸上都晃动着不同的神情，犹疑、喜悦或者忧愁。我和几个相仿的小孩子在人群中钻来钻去，带着点雀跃的心情关注着生产队那二十来头牛马驴骡的命运，平常他们都集体生活在这个大院里，现在却要被社员们瓜分了。

由于人多牲口少，所以老办法，抓阄，牲口们都编了号，谁抓到谁就可以出钱买去。我听见队长吆喝了一声："一家一个代表，开始喽！"一只放着许多小纸团的脸盆摆到了桌面上。人群骚动着围上来，各自伸手抓去一个。

父亲和全叔是一块儿凑上来的，全叔的嘴里还嘟囔着："抓住有个屁用，还得出钱。"但他真就抓着了一头骡子，父亲的纸团上则空空如也。

全叔的脸上说不清是喜悦还是忧伤——那头骡子的标价是四百元，他显然出不起这个价儿。我看见他重重地叹了口气，然后一跺脚，随手把纸团扔了出去。

父亲说："你真的不要？"走过去把纸团捡了回来。

全叔愁眉苦脸地说哪有钱啊。父亲说你不要我可要了哦。全叔惊异地问："你？你有钱？"

"没有。"父亲干脆地说，"借！"

那头骡子后来成为父亲种责任田不可或缺的帮手。当时他先在队里的会计那儿打了个欠条，允诺半个月内把钱交上，然后父亲牵上那头骡子，捋了捋它脖子里的毛，回过头来一巴掌拍到我的屁股上，说："回家！"他这一巴掌和说出这两个字的情绪感染了我，我一尥蹶子欢快地跑在了前面。

父亲牵着那头骡子走在大街上，他红光满面，充满了对未来的憧憬和希望。从那时候起，我就知道父亲是一个有远见的人，就像后来，他和母亲两个人种了十多亩责任田而从未让一个孩子辍学一样。

父亲的希望

赏析／李寻欢

那一年父亲牵回一头骡子，那一年父亲也就牵回了一份希望。

在那个艰辛的年代里，父亲能跳出眼前的困境看到远远的将来，父亲是有远见的。父亲明白到骡子之于农田就好像教育之于孩子一样，同样是非常重要而不可或缺的。父亲是明事理的。

父亲能够不为眼前的困难所干扰，所阻碍，要下了那一头骡子，足以见证父亲对生活的希望和对困难的勇气。对他孩子学业的执著，更可见证他的殷切希望和坚定信念。

父亲殷切的希望将会带给儿女们毕生的生存勇气。

在日常生活里，这种父子间的尴尬对话场面四处可见。

妈妈来听电话

● 文/叶倾城

我在等呼机，突然过来一个男人，匆匆，一边揩汗，劈手抓话筒。瞥眼看见我，手在半空里顿一下，我示意他先打。

显然是打给家里，他用很重的乡音问："哪个？"背忽然挺直，脚下不由自主立正，叫一声："爸爸。"吭吭哧哧一会儿，挤出一句："您老人家身体么样？"

再找不出话，在寸金寸光阴的长途电话里沉默半晌，他问："爸爸，您叫妈妈来听电话吧？"小心翼翼地征求。

连我都替他松一口气。

叫一声"妈"，他随即一泻千里，"家里么样？钱够不够用？小弟写信回来没有……"

又"啊啊唔唔""好好好""是是是"个不休。许是母亲千叮万嘱，他些微不耐烦："晓得了晓得了，不消说的，我这大的人了……"——中年男人的撒娇。我把头一偏，偷笑。

又问："老头子么样？身体好不好？"发起急来，"要去医院哪……米贵不贵？还不吃饭了？再贵也要看病呀……妈，你要带爸去看病，钱无所谓，我多赚点就是了，他养儿子白养的？……"频频，"妈，你一定要跟爸讲……"——他自己怎么不跟他说呢？

陡然大喝一句，"你野到哪里去了！"神色凌厉，口气几乎是凶神恶煞，"鬼话，我白天打电话你就不在家！期末成绩出来没？"是换了通话对象。

　　那端——报分,他不自觉地点头,态度缓和下来,"还行,莫骄傲啊。要什么东西,爸爸给你带……儿子呀,要这些有什么用……"恫吓着结束,"听大人话。回头我问你妈你的表现,不好,老子打人的。"——他可不就是他老子。

　　短短几句话,简单鲁直,看似无情,却句句扣人心弦,包容了:爱、尊敬、挂念、殷切的希望,却都需要一座桥梁来联结——叫妈妈来听电话。

爱 的 思 考

赏析／李寻欢

　　严父慈母,是中国几千年以来的传统认识。

　　一个外出打工的儿子打长途电话回家,跟父亲的对话表现得相当的尴尬,而跟母亲对话却能喋喋不休、自由放任。

　　在日常生活里,这种父子间的尴尬对话场面四处可见。这种尴尬的根源是什么?是缘自于一种爱的矜持还是缘自于一种爱的深沉?是缘自于一种爱的疏忽还是缘自于一种爱的畏惧?还是什么都不是?

　　儿子可以很自然地跟母亲拉家常,可以尽情地向母亲撒娇,甚至可以对母亲的唠叨表现出明显的不满。而儿子对于父亲,有的只是寡言和敬重,甚至儿子和父亲的沟通和了解在一定程度还得通过母亲这个中转站来进行。

　　这是一个值得我们去思考的问题。

一双皮鞋,装载着一颗沉甸甸的心,也倾注着一份沉甸甸的爱。

鞋

● 文/佚 名

小时候,父亲常跟我说的一句话是:"儿子,好好念书,长大有出息了穿大皮鞋。"不懂事的我总会指着父亲脚上由母亲做的黑布鞋问:"爸,那你怎么不穿皮鞋呢?"每当这时父亲便会低头忙起手里的活,把我支到一边玩,而我总能听到身后那低低的叹息声。

二〇〇三年的夏天,我收到了梦寐以求的大学通知书。那些天父亲乐得合不拢嘴,平时很少出门的他却喜欢常到乡亲四邻家转转了。开学的前一天,赶集回来的父亲老远就扬起手里的包裹喊着我的乳名:"小五子,爸有皮鞋穿了。"那是一双非常廉价的鞋,准确的说是一双塑胶鞋。父亲是为了送我到遥远的城市上学才买的那双鞋,记忆中那是父亲第一次买鞋,他怕穿布鞋到学校里让别人瞧不起,怕我尴尬。在拆开包装袋的一刹那,我流下了一脸的泪水。

大学的生活绚丽多彩,当周围的同学都在享受象牙塔的惬意时,我独自骑着破旧的自行车在陌生的街道上穿梭。帮人带家教,给人送外卖。我想在学习之余挣到生活费,更想为还在家乡的农田里汗流浃背劳作的父亲买一双皮鞋——一双真正的皮鞋。

在疾驶的列车上,我小心地坐在靠窗的一角双手紧紧护着书包,深怕拥挤的人群挤坏了包里的皮鞋。当我把鞋给父亲穿上时,我感觉到了父亲微微的颤抖。

后来,母亲告诉我,那天父亲哭了,哭得像个孩子。那双皮鞋他一次也没舍得穿,他说:"那是小五子的心。"

父亲的心愿

赏析／叶 风

憨厚的老父亲,你一生到底要倾洒多少心愿和情感在儿子的身上呢?一双大皮鞋,你又要寄托父亲对儿子多少的殷盼和希冀呢?

文章《鞋》里的那位老父亲最大的愿望就是希望儿子有朝一日能穿上一双大皮鞋。因为在老父亲的潜意识里,皮鞋与有出息是等同的。

既然皮鞋与有出息是等同的,那么儿子的一双皮鞋就该凝聚了老父亲的一生心愿。当儿子利用大学课余的时间做兼职为父亲赚得了一双皮鞋的时候,你可以理解老父亲为什么会感动得哭了起来吗?是的,此刻,谁也描摹不出老父亲心里的激动与幸福。

一双皮鞋,装载着一颗沉甸甸的心,也倾注着一份沉甸甸的爱。

凭借他忠诚的秉性和美好的品质，他胜利了，轻易地赢取了孩子们的尊重。

继 父 节

● 文/[美]贝丝·莫莉　译/艾　草

每当母亲节或父亲节的时候，它会使我想到我们国家还缺少一个节日——继父节。

如果任何一个人都应该有自己的节日，那么继父节应该是那些用他们的爱心和谨慎，在一个重建的家庭里建立起自己位置的勇敢心灵的节日。这就是我们家里为什么会有一个我们称之为"鲍伯的节日"的原因。这是我们自己的继父节的版本，是根据继父鲍伯的名字命名的。下面是我们的继父节的由来。

当时，鲍伯刚进入我们的家庭。

"你知道，如果你做了伤害我母亲的事情，我会让你住到医院里去的。"正在上大学的男孩说，他比他的继父要魁梧得多。

"我会记住的。"鲍伯说。

"你不要告诉我我该怎么做，"正在上中学的男孩说，"你不是我的父亲。"

"我会记住的。"鲍伯说。

正在上大学的男孩打电话回家。他的汽车在离家四十五英里的地方抛锚了。

"我马上就到。"鲍伯说。

副校长打电话到家里来。正在上中学的男孩在学校打架了。

"我立刻就去。"鲍伯说。

"噢，我需要一条领带与这件衬衫相配。"正在上大学的男孩说。

"从我的衣柜里挑一条吧。"鲍伯说。

"你必须穿个耳眼。"正在上中学的男孩说。

"我会考虑的。"鲍伯说。

"你必须停止在餐桌上打嗝。"男孩说。

"我会尽力的。"鲍伯说。

"你认为我昨天晚上的约会怎么样？"正在上大学的男孩问。

"我的意见对你有什么影响吗？"鲍伯问。

"是的。"男孩说。

"我必须跟你谈谈。"正在上中学的男孩说。

"我必须跟你谈谈。"鲍伯说。

"我们应该有一段继父和继子之间的共同经历。"正在上大学的男孩说。

"做什么？"鲍伯问。

"给我的汽车换油。"男孩说。

"我知道了。"鲍伯说。

"我们应该有一段继父和继子之间的共同经历。"正在上中学的男孩说。

"做什么？"鲍伯问。

"开车送我去看电影。"男孩说。

"我知道了。"鲍伯说。

"如果你喝了酒，不要开车，打电话给我。"鲍伯说。

"谢谢！"正在上大学的男孩说。

"如果你喝了酒，不要开车，打电话给我。"正在上大学的男孩说。

"谢谢！"鲍伯说。

"我必须在什么时间回家？"正在上中学的男孩问。

"十一点半。"鲍伯说。

"好的。"男孩说。

"不要做伤害他的事情，"正在上大学的男孩对我说，"我们需要他。"

"我会记住的。"我说。

这就是我们的鲍伯节的由来。

男孩子们为他们的继父买了一件他们能够一起玩的新玩具。鲍伯能够赢得孩子们的尊重对我们全家人来说都是一件值得庆幸的事，他似乎一直都在我们背后支持着我们。

美好的品质

赏析／刘　浪

信任、理解与尊重是人世间最美好的品质。

在《继父节》一文中，靠着信任、理解、尊重和忠诚的品质，继父鲍伯成功地获取了继子们的接纳和尊敬——他能够坦诚、大度地对待儿子们的不合理甚至是蛮横的要求。凭借他忠诚的秉性和美好的品质，他胜利了，轻易地赢取了孩子们的尊重。

如果我们能拥有或者是学习鲍伯的那种品质和秉性；如果我们能做到相互之间信任、理解和尊重，那么世界将会是一个和谐和欢乐的家园。

文中的父亲是睿智的，他教会了孩子：过程的意义远大于结果。

和爸爸一起做音箱

●文/郑恩恩

"很抱歉，儿子，我们没钱。"这句话真是字字如雷，似要敲碎我的心灵。

那一年我十三岁，正值崇拜偶像的年纪。我迷恋甲壳虫乐队，剪了同样的发型，拥有一把挺好的吉他，独缺音箱。而我必须有一个音箱，否则不能组织自己的乐队。所以爸爸话刚出口，我觉得甲壳虫乐队的《失落者》仿佛专为此而唱。

但同往常一样，爸爸总有办法实现我的愿望。"咱们自己做！"他说。

自己做？我满心疑惑，但别无选择。从此，日复一日，爸爸牺牲所有的闲暇时光，和我一起为做"咱们自己的"音箱挑选木材、喇叭、蒙在音箱上的编织布料，甚至微不足道的黏胶。终于，我们完工了，我也将组队参加学校的比赛。但我心底始终有个疑惑挥之不去：花在材料上的钱几乎可以直接买一个音箱，我们为什么要自己做呢？

比赛的日子到了。当我去后台时，竞争者们陆续来查看我的家当。最后自制的音箱引起了他们的注意。有人问："什么牌子的？自己做的吗？"我窘得无言以对，只能坦白"招认"："是的，我爸爸和我一起做的。"

出乎我的意料，对方由不屑变得十分羡慕，甚至有点妒忌："唉，我爸爸从来不和我一起做这些事。"

羞愧顿时烟消云散,我感到无比自豪和幸福:我有一个多么了不起的爸爸!他可以无私地奉献他的时间和精力,只是为了陪我美梦成真。这时,我看到爸爸在一个不起眼的角落,正对我微笑。

我的乐队最终没能获奖,因为自制音箱的音乐不够流畅、华美。但我并没有感到太多的沮丧,我知道自己已经获得真正意义上的"胜利"。

如今,我也已为人父。最近,当我再度提及此事,爸爸证实了我的疑惑:他并不是没钱买音箱。爸爸微笑着说:"我真的只想和你一起分享一些时光。那些制作音箱的夜晚,我们懂得了许多的东西,不单是电线什么的,更重要的是彼此的情感。"

的确,爸爸给了我金钱难以替代的真情。别人的父亲或许只是简单地给他们的儿子购买音箱,但我的爸爸却给了我:他的时间、他的关注、他的爱心;别人的儿子期待完美的设备,我更期待一份真正的父爱。

那个自制的音箱因种种原因很早就丢失了,但我仍愿付出任何代价再去触摸它一下。而那些无从触摸的情感,更让我永怀感恩。

今天,我似乎仍能清晰地回想起自制音箱的形状,闻到它散发的黏胶味,听到它传出的第一个音符,看到爸爸微笑的脸——特别是那双爱意挚深的眼睛。这就是我全部的"家当"。

过程的意义远大于结果

赏析／许 诺

儿子想拥有一台音箱，做父亲的别出心裁的选择了自己动手做音箱的方式。浪费了许多时间，浪费了许多精力，还浪费了许多钱(比买一台音箱付出的钱还多)。儿子疑惑这种方式，父亲却认定它有价值。

其实做父亲的如果当时只是单纯地满足了儿子的需求，其结果充其量不过是让儿子获得一时的满足和快乐。而选择了父子俩亲自动手制作音箱的方式，可以让儿子领略到动手的乐趣和参与的乐趣，让儿子获得了知识和增进了父子间的情感交流。或许儿子会因为自己制作的音箱质量不好而影响了参赛结果，但在事实上只有这样的做法才能够让儿子赢取真正意义上的胜利。

文中的父亲是睿智的，他教会了孩子：过程的意义远大于结果。

爸爸是一个在你危难的时候给你力量的人。

难忘的幸福时刻

● 文/佚 名

在我幸福的童年生活里,许许多多幸福的事大多淡忘了,但有一件事却深深地刻在我的心灵深处,每当我想起它,一股暖流便涌上心头。

那是一个极普通的夜晚,我写完作业,洗涮完毕,便上床睡觉了。就在我将要睡着的时候,忽然听见房顶上有响声,我以为是错觉,便又接着睡,谁知道又让我听见了从上面传来的怪声。我开始害怕了:半夜三更的会是什么呢?这时一个可怕的字眼浮现在我的脑海中——"贼"。

于是,我想开灯看一看,但一想如果真是贼,我一开灯,就会打草惊蛇,还是先镇定一下,想个主意吧。

房顶上的声音越来越大,这不禁使我毛骨悚然。我不断地告诉自己不要想它,赶快睡觉,也许是自己听错了呢。可脑海里总是浮现出抢劫的画面,耳旁可怕的响声,使我的心不停地怦怦跳动起来,根本无法入睡。

我壮着胆子下了床,由于怕"贼"觉察到,便没有开灯,摸摸索索地走出屋去,来到爸妈的房间,我悄然地站在他们床前,不敢发出半点的响声,只是轻轻地推了推他们,这时我最大的愿望就是希望他们快点醒来。

我的等待终于唤醒了他们,妈妈睁着惊异的眼睛说:"胜男,怎么了,这么晚了还不睡?明天还要上学呢!"我战战兢兢地说:"我那屋房顶上有贼,我害怕",爸爸听了后说:"不可能吧,房顶上怎么会有人呢?"他来到我的房间仔细听了一下,果然有声响。他见我害怕的样子便说:"我陪你睡吧,你安心睡觉"。这下我心里的石头总算落地了,心里想:这回再有小偷我也不怕了。

爸爸把我揽在怀里,紧紧握着我的手,给我讲故事壮胆,讲着讲着他就睡着了。可他却依然紧紧地攥着我的手,就在这一刻,一股暖流涌上了我的心灵深处,并深深地刻上了两个字:幸福。

到了第二天,终于明白了事情的真相,原来是风吹塑料瓶发出的响声。虽然这次因我错误的判断,使我受了一次惊吓,却使我真正体会到了幸福的滋味——它是那么甜美,那么令人陶醉,那么回味无穷。

爸爸的力量

赏析／李寻欢

小时候,在我们感到无助的时候或受到惊吓的时候,陪伴在我们身边,给予我们勇气的人是谁?是爸爸。爸爸在身边的时候,我们总会有一种温暖而安全的感觉。

小的时候,我们总会觉得爸爸就好像一把大伞,为我们遮挡着一切的风暴、狂雨和冰雪。是这把大伞在庇护着我们的幼小的身躯,是这把大伞在温暖着我们嫩弱的心灵。是这把大伞给我们一种令人难以忘怀的幸福。

《难忘的幸福时刻》记述的是一个小朋友在夜晚睡觉的时候,被一个假象所蒙蔽,吓得不敢入睡,是爸爸陪伴着他,给他勇气,让他安然入眠。透过这篇文章,我们可以明白一个道理:母亲是一个在你害怕时给你安慰的人,爸爸是一个在你危难的时候给你力量的人。

的确,爸爸给了我金钱难以替代的真情。别人的父亲或许只是简单地给他们的儿子购买音箱,但我的爸爸却给了我:他的时间、他的关注、他的爱心;别人的儿子期待完美的设备,我更期待一份真正的父爱。

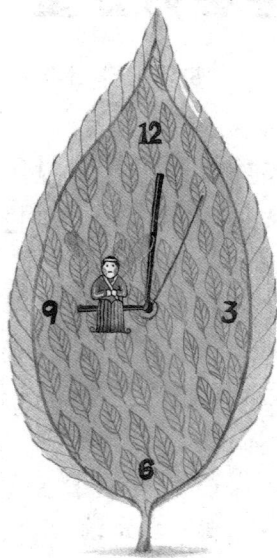

梧桐情浓

守候雨季的大伞

其实父亲一生俭朴，不求奢华。假若苍天有灵，现给我一个父亲节，我只求同往年一样，与父亲进餐饮茶，聊聊天。如果这个请求太过分，再省一点儿，让我拥着老父，只说一句："爸，父亲节快乐！"

总有那么一股真切的爱在这对父子间流动着。

两碗牛肉面

●文/佚 名

我读大学的那几年,每逢双休日就在姨的小饭店里帮忙。那是一个春寒料峭的黄昏,店里来了一对特别的客人——父子俩。说他们特别,是因为那父亲是盲人。他身边的男孩小心翼翼地搀扶着他。那男孩看上去才十八九岁,衣着朴素得有点寒酸,身上却带着沉静的书卷气,该是个正在求学的学生。

男孩来到我面前。"两碗牛肉面。"他大声地说着。我正要开票,他忽然又朝我摇摇手。我诧异地看着他,他歉意地笑了笑,然后用手指指我身后墙上贴着的价目表,告诉我,只要一碗牛肉面,另一碗是葱油面。我先是怔了一怔,接着恍然大悟。原来他大声叫两碗牛肉面是给他父亲听的,实际上是囊中羞涩,又不愿让父亲知道。我会意地冲他笑了。

厨房很快就端来了两碗热气腾腾的面。男孩把那碗牛肉面移到他父亲面前,细心地招呼:"爸,面来了,慢慢吃,小心烫着。"他自己则端过那碗清汤面。他父亲并不急着吃,只是摸摸索索地用筷子在碗里探来探去。好不容易夹住了一块牛肉就忙不迭地把那片肉往儿子碗里夹。"吃,你多吃点儿,吃饱了好好念书,快高考了,能考上大学,将来做个对社会有用的人。"老人慈祥地说,一双眼睛虽失明无神,满脸的皱纹却布满温和的笑意。

让我感到奇怪的是,那个做儿子的男孩并不阻止父亲的行为,而是默不作声地接受了父亲夹来的牛肉片，然后再悄无声息地把牛肉片又夹回父亲碗中。周而复始，那父亲碗中的牛肉片似乎永远也夹不完。"这个饭店真厚道，面条里有这么多牛肉片。"老人感叹着。一旁的我不由一阵汗颜，那只是几片屈指可数、又薄如蝉翼的肉啊。做儿子的这时赶紧趁机接话："爸，您快吃吧，我的碗里都装不下了。""好，好，你快吃，这牛肉面其实挺实惠的。"

父子俩的行为和对话把我们都感动了。

姨妈不知什么时候也站到了我的身边，静静地凝望着这对父子。这时厨房的小张端来一盘干切牛肉，姨妈努努嘴示意他把盘子放在那对父子的桌上。男孩抬起头环视了一下，它这桌并无其他顾客，忙轻声提醒："你放错了吧? 我们没要牛肉。"姨妈微笑着走了过去："没错，今天是我们开业年庆，这盘牛肉是赠送的。"男孩笑笑，不再提问。他又夹了几片牛肉放入父亲的碗中，然后，把剩下的装入了一个塑料袋中。

我们就这样静静地看着他们父子吃完，然后再目送着他们出门。

之后小张去收碗时，忽然轻声地叫起来。原来那男孩的碗下，还压着几张纸币，一共是六块钱，正好是我们价目表上一盘干切牛肉的价钱。一时间，我、姨妈，还有小张谁都说不出话来，只有无声的叹息静静地回荡在每个人的心间。

感动系列

天下最美味的牛肉面

赏析／严　俊

看完《两碗牛肉面》一文，心里很感动。因为瞎父有如此一个懂孝道、识大体的儿子，也因为一对父子能够如此相互体恤。

文中的父亲关爱儿子，儿子孝顺父亲，他们用他们的爱为这人世间谱写了一曲感人的篇章。

文中的细节描写格外感人。一个瞎了眼的父亲，一个正在念着书的儿子，一个生活拮据的家庭，但这些似乎考验和威胁不了这对和谐的父子。父亲对儿子的关怀深切而充满爱意，儿子对父亲的孝顺细微而不失智慧。这篇文章总让人觉得有那么一股真切的爱在这对父子间流动着。

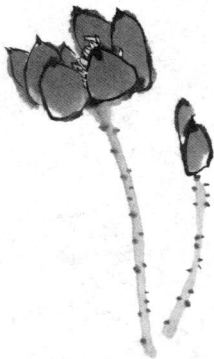

如果我们真的能做到这一点，这个世界应该变得很美！

人家的儿女

●文/叶倾城

其实已经走过了，和我同办公室的老王又转回去，从派送广告的男孩手上接过花花绿绿的纸张，还认认真真说一句："谢谢。"

偷眼一看，原来是些"难言之隐"、"济世良方"，我们不觉相视窃笑，老王觉得了，抬一抬头，解释："不是我，是我儿子。"

我们更是笑出声来。他等我们笑过了，才说："我儿子，不是在北京读大学吗，上次写信回来，说找了个勤工俭学的工作，就是给人家发广告。"

我们都愕了一下。老王笑起来："信上说，可难了。好多人从身边走过去，看都不看一眼，有人勉强接了，立刻就扔。还得捡回来，重新派出去。两百张，要站十几个小时才发得完，才五块钱。"

"后来我给他回信，说，男孩子，无论怎么苦都应该坚持下来，可是我跟他妈……"老王一张脸仍是笑笑的，声音却不知不觉滑落，"几个晚上都睡不好。"

他扬一扬手中的广告，"都是人家的儿女啊。"那灰暗的薄纸"刷刷"地响了起来。

我们都不由自主静了下来。

只是这样简单、这样平实的一句话。可是那个把在路上哭泣的儿童送回家的陌生人，在生死来袭刹那将救生衣让给年轻士兵的将军，甚或那个喜欢给邻家孩子一颗糖，让他的一天都变得十分甜蜜的老伯伯,在他们心底,是不是,都有这样的前方,又是一个抱着大叠广告纸的少年,而我们一一接下他递过来的希望,并且郑重的回答他:"谢谢。"

给每一个,曾在我们成长道路上,以父母之心对待过我们的人;也给每一个,终将如此对待我们的儿女的人。

爱心付出

赏析／叶　风

同处一片蓝天下,我们不应该对有困难或处于危难的人熟视无睹或无动于衷。因为也许有一天,我们也会需要别人的帮助,人与人之间是需要爱的,是需要理解和尊重的。对待自己的儿女也罢,对待人家的儿女也罢。

在《人家的儿女》里,"我们"对于一个发布传单的小孩的尊重,实际上就是迈出人间爱心的第一步。以一种父亲对待儿女般仁慈的眼光看待周围那些处于困境中的人或需要帮助的人,尊重周围每一个人的人格尊严。世界会因此变得亲切。

古人说:"老吾老以及人之老,幼吾幼以及人之幼",如果我们真的能做到这一点,这个世界应该变得很美!

　　尊重他人，保护好自己，这才是父亲教育的意义所在。

客厅里的爆炸

● 文/白小易

　　主人沏好茶，把茶碗放在客人面前的茶几上，盖上盖儿。当然还带着那甜脆的碰击声。接着，主人又想起了什么，随手把暖瓶往地上一搁。他匆匆进了里屋。而且马上传出开柜门和翻东西的声响。

　　做客的父女俩呆在客厅里。十岁的女儿站在窗户那儿看花。父亲的手指刚刚触到茶碗那细细的把儿——忽然，啪的一声，跟着是绝望的碎裂声。

　　——地板上的暖瓶倒了。女孩也吓了一跳，猛地回过头来。事情尽管极简单，但这近乎是一个奇迹：父女俩一点儿也没碰它。的的确确没碰它。而主人把它放在那儿时，虽然有点摇晃，可是并没有马上就倒哇。

　　暖瓶的爆炸声把主人从里屋揪了出来。他的手里攥着一盒方糖。一进客厅，主人下意识地瞅着热气腾腾的地板，脱口说了声：

　　"没关系！没关系！"

　　那父亲似乎马上要做出什么表示，但他控制住了。

　　"太对不起了，"他说，"我把它碰了。"

　　"没关系。"主人又一次表示这无所谓。

　　从主人家出来，女儿问："爸，是你碰的吗？"

　　"……我离得最近。"爸爸说。

　　"可你没碰！那会儿我刚巧在瞧你玻璃上的影儿。你一动也没动。"

爸爸笑了,"那你说怎么办?"。

"暖瓶是自己倒的!地板不平。李叔叔放下时就晃,晃来晃去就倒了。爸,你为啥说是你……"

"这,你李叔叔怎么能看见?"

"可以告诉他呀。"

"不行啊,孩子。"爸爸说,"还是说我碰的,听起来更顺溜些。有时候,你简直不明白是怎么回事,你说得越是真的,也越像假的,越让人不能相信。"

女儿沉默了许久。

"只能这样吗?"

"只好这样。"

编织爱的保护网

赏析／阿　土

　　人与人之间的相处中有很多微妙的地方。如文中所出现的情形,如果父亲在此时解释暖瓶爆炸的真正原因,可能会被看作是一种掩饰过错的行为,所以他干脆承认是自己不小心,这样反而成为最好的解决方法。

　　这些细节虽小却可影响人的情绪,甚至影响人与人之间的感情,所以每一个父亲都会利用这些细节教育孩子,讲解其中的奥妙,用爱编织孩子的保护网。

　　教育不仅要孩子增长知识,更重要的是教孩子学会做人的道理,使他们在与人相处的时候收放自如,尊重他人,保护好自己,这才是父亲教育的意义所在。

> 惟独爱才是这个世界上最宝贵、最不可或缺的财富。

假老爸真父爱

●文/田祥玉

我第三次见到那小女孩时，她依然穿着那套陈旧然而干净的牛仔服。她弓着身子,拿着一块深灰色抹布擦洗着我的车轮,蹲在地上的她显得瘦小单薄。

我以为她是家境困难,想通过这种方式赚点钱。我拍拍她的短发跟她打招呼,她惊恐地站起来,将双手反背在身后,红着脸跟我打招呼:"您好! 莫伦先生,我叫莎丽尔。"

我一边打开车门一边掏钱打算付给莎丽尔小费,但是莎丽尔却紧张地摇头说:"莫伦先生,我并不是想要您的钱。"我看着紧张而羞怯的莎丽尔开玩笑说:"难道,你是想跟我交朋友?"她"咯咯"笑出声来:"因为,您跟我爸爸长得很像!"

看得出,莎丽尔说这话的时候积攒了很大的勇气,而且一提到"爸爸",她的眼泪几乎就要掉下来。我突然萌生出一种无以言表的情愫,就像对待自己的孩子那样的感情。于是我对她说:"我开车带你兜兜风好吗?"她睁大眼睛,有些不相信地看着我,然后突然雀跃着钻进车里。莎丽尔在车上兴奋地这里摸摸那里碰碰。很快,这个十多岁的小孩子消除了陌生感,打开了话匣子。

她说她父亲是个非常英俊幽默的男人，在她两岁的时候离家去阿姆斯特丹做生意,赚了钱就会开着红色跑车回来接妻子和女儿,还要为她们创建一座牛羊成群绿草如茵的大农场呢……

　　莎丽尔的故事还没有讲完,我已明白了她的意思。她的母亲快要离开这个世界了,莎丽尔希望找到一个长相和她爸爸相似,而且有着鲜艳跑车和大农场的男人,让妈妈"等到"心爱的男人了无遗憾地离去。

　　"莫伦先生,我在半年内找了许多叔叔,可是他们中间没有一个人愿意听我的故事。您是最好的! "她还从口袋里取出了一张照片——她父亲十五年前的照片,一个英俊年轻的小伙子,但并不像莎丽尔说的那样和我非常神似。莎丽尔是要我扮演她的"爸爸",也就是她母亲的丈夫。

　　莎丽尔满脸笑容,眼神中映射着无比澄澈的温暖,我无法拒绝这样一个小女孩如此善良的要求。一个阳光普照的下午,我载着莎丽尔向霍华德大街的"南茜精神病院"出发了。莎丽尔的妈妈正在熟睡,这个被思念和病魔折磨得不成人样的女人,却被小小的女儿拾掇得异常整洁。

　　没想到,莎丽尔的母亲醒来后,突然扑倒在我怀里嚎啕大哭。她真的把我当成了她苦苦等待的丈夫!看着一旁兴奋激动的莎丽尔,我突然觉得自己的生命在那一刻无比澄澈温馨。

　　坐在一旁的莎丽尔似乎不相信眼前的一切,她好几次悄悄掐自己的手背,然后露出得意的笑容。我朝她努努嘴:"怎么不叫爸爸?"慢慢地,莎丽尔终于蹭到我身边,迟疑许久,轻轻地叫了声:"爸爸。"我伸开另一只臂膀将她搂进怀里……

　　一小时后,我和莎丽尔将她母亲扶下楼,当她远远看到我那辆鲜红的跑车时,紧紧抓住我的手说:"亲爱的,我知道你一定会回来的,我终于等到了你。"我当然"回来了",我甚至也为"妻子"准备了一座大大的农场。整个晚上她都拽着我和莎丽尔在农场转悠。突然间,我领悟到,原来做一个有情又有义的男人可以这样的幸福。

　　晚上十点钟,我开车送她们回医院。我一直等莎丽尔的母亲睡着后才离开。莎丽尔将我送到病房外面,她说:"莫伦叔叔,真的谢谢你。"莎丽尔不知道,我这个四十二岁的中年人其实早已被她深深感动和激励。翌日下午,我又开车来到精神病医院。这让莎丽尔感到无比惊喜,我拍着她的肩膀说:"我愿意做你的爸爸,喜欢和一个好孩子陪着她的妈妈。"

半个月后,莎丽尔的妈妈终于含笑离去。丧礼结束后,我向莎丽尔张开双臂,说:"孩子,知道我现在最想你叫我什么吗?"莎丽尔眨眨眼睛没领会过来。我再指指自己的胸口,莎丽尔终于张开双臂跑过来,扑进我的怀里轻轻地叫了一声"爸爸"。

假情真爱

赏析/刘 浪

儿童的眼光最清澈,不沾染一丝尘埃;儿童的情怀最单纯,不掺杂半点杂念;儿童的爱最诚挚,容易使人感动。

《假老爸真父爱》文中的"我"就是被这种儿童的目光、儿童的情怀和儿童的爱所"俘虏",甘愿做起儿童莎丽尔的假老爸来。用"我"的爱,去圆了一个被思念和疾病折磨得不成人形、行将结束生命的精神病妇人(莎丽尔的母亲)的多年愿望。并凭着这份诚挚的爱深深地打动了小莎丽尔的心。

惟独爱才是这个世界上最宝贵、最不可或缺的财富。人世间的一切美好与幸福,是需要爱去承载、去维系的。让人世间少点冷漠和仇恨吧! 让我们更为广泛地去播种人间之爱吧。

　　对于父亲来说，爱就是要让儿子健康地成长，幸福地生活。

生命的疤痕

● 文/闫金城

　　儿子喜爱表演，并且梦想当一名演员，但他的嘴角在小时候落下一个疤痕，很不好看。

　　在学校演出比赛中，他总想把上唇拉下来盖住丑陋的嘴角，结果洋相百出。回家后，他伤心地哭了。

　　父亲看着伤心的儿子，心里已经明白八九分，劝说道："孩子，陪爸爸上山走走！"

　　儿子默默地点点头，跟着父亲上山去了。一进入山林，他的眼睛就不够用了——一会儿瞧瞧这棵又粗又直的红松树；一会儿又摸摸那棵光滑如肤的白桦树。

　　在一棵古老苍劲的白桦树下，儿子呆呆地望着发愣。父亲走过去，拍着儿子的肩膀问道："孩子，你怎么了？"

　　儿子回过头问道："爸爸，这棵白桦树的身上，怎么会有这么多的眼睛呢？"

　　"那不是眼睛，而是树的疤痕啊！"父亲回答道。

　　"这么好看的眼睛，怎么能是树的疤痕呢？"儿子不解地反问道。

　　"这是真的，孩子！如果没有这么多的疤痕，它又怎么能长成参天的大树呢！不信你去看看——越是粗老的大树，身上的疤痕就越多！"父亲认真地回答道。

　　儿子不相信地又认真地看看这棵，又仔细瞧瞧那棵——可不，原本光滑如肤的树干竟暗藏着凹凸不平的疤痕呢！他好奇地问道："爸爸，这些疤痕是怎么留下的呢？"

父亲回答道："这些疤痕一方面是大自然的风雨雷电留下的标志；另一方面来自人们对它的修剪所留下的创伤！只有这样它才能长大成材啊！人也一样，由于各种原因，给我们一生留下了永不磨灭的伤疤，这就像我们在雪地上走过，必然留下痕迹一样。"

儿子听后自言自语地重复道："人就像树一样，一生中也会留下许多疤痕！"

父亲又正言道："但是，树木不会因为有伤疤而就此倒下，因为疤痕标志着曾经受过磨难与挫折。这就像我们劈过木头，有疤痕的地方也就是木头最硬的地方，别处一斧头下去也许就劈成两半了，可是斧头落在疤痕处，就像你碰到石头一样。"

儿子一边不住地点头，一边抚摩着树上的疤痕……

父亲又接着说道："孩子，你很有表演的天分，爸爸知道你这次表演时过分地掩饰嘴边的疤痕，所以，孩子！你听着——观众欣赏的是你的表演，而不是你的疤痕。他们需要的是你带着疤痕的表演，你不要把你的疤痕掩饰起来，要给人们一个原色的你——这就是'疤痕'的作用！它是尊贵的苦难的标志，更是崭新的坚固的堡垒。伤过以后，疤痕就成了你身体最坚强的部分，让你更顽强地面对人生！"

从此，儿子接受了父亲的忠告，不再去注意自己的疤痕。从那时开始，他只想表演，热情而高兴地表演，最后甚至有许多观众还学着他的样子去表演呢！

爱的忠告

赏析／许后文

　　小说中父亲以树喻人,用疤痕喻苦难,帮助儿子摆脱了疤痕的困扰,走出了疤痕的阴影,激励儿子,终使儿子成为一个成功的表演者。

　　父亲总善于利用自己对我们的天然影响力,引导和激励孩子。在我们成长的过程中用最容易听懂的语言,解答我们的困惑。而且父亲能为我们找到最适合的问题解决方法,让我们感到贴近和温馨,那是因为父亲的心与我们的心最贴近,最了解我们的所思所想。

　　父亲时时刻刻用爱守护着我们的心灵,对于父亲来说,爱就是要让儿子健康地成长,幸福地生活。

一切都是为了儿子。父亲忍辱负重！

父爱昼夜无眠

● 文/尤天成

　　父亲最近总是委靡不振,大白天躺在床上鼾声如雷,新买的房子音响一般把他的声音"扩"得气壮山河,很是影响我的睡眠——我是一名昼伏夜"出"的自由撰稿人,并且患有神经衰弱的职业病。我提出要带父亲去医院看看,他这个年龄嗜睡,没准就是老年痴呆症的前兆。

　　父亲不肯,说他没病。再三动员失败后,我有点恼火地说,那您能不能不打鼾,我多少天没睡过安生觉了!

　　第二天,我睡到下午四点才醒来。难得如此"一气呵成"。突然想起父亲的鼾声,推开他的房门,原来他不在。不定到哪儿玩小麻将去了,我一直鼓励他出去多交朋友。这样很好。

　　看来,虽然我的话冲撞了父亲,但他还是理解我的。父亲在农村穷了一辈子,我把他接到城里来和我一起生活,没让他为柴米油盐操过一点心。为买房子,我欠了一屁股债。这不都得靠我拼死拼活写文章挣稿费慢慢还吗? 我还不到三十岁,头发就开始落英缤纷,这都是用脑过度,睡眠不足造成的。我容易吗?作为儿子,我惟一的要求就是让他给我一个安静的白天,养精蓄锐。我觉得这并不过分。

　　父亲每天按时回来给我做饭,吃完后让我好好睡,就又出去了。有一天,我随口问父亲,最近在干啥呢?父亲一愣,支吾着说,没,没干啥。我突然发现父亲的皮肤比原先白了,人却瘦了许多。我夹些肉放进父亲碗里，让他注意加强营养。父亲说，他是"贴骨膘"，身体棒着呢。

转眼到了年底。我应邀为一个朋友所在的厂子写专访，对方请我吃晚饭。由于该厂离我住处较远，他们用专车来接我。饭毕，他们让我随他们到附近的浴室洗澡。雾气缭绕的浴池边，一个擦背工正在给一具肥硕的躯体上刚柔并济地运作。与雪域高原般的浴客相比，擦背工更像一只瘦弱的虾米。就在他结束了所有程序，转过身来随那名浴客去更衣室领取报酬时，我们的目光相遇了。"爸爸！"我失声叫了出来。

惊得所有浴客把目光投向我们父子，包括我的朋友。父亲的脸被热气蒸得浮肿而失真，他红着脸嗫嚅道，原想跑远点儿，不会让你碰见丢你的脸，哪料到这么巧……

朋友惊讶地问，这真是你的父亲吗？

我说是。我回答是那样响亮，因为我没有一刻比现在更理解父亲，感激父亲，敬重父亲并抱愧于父亲。我明白了父亲为何在白天睡觉了，他与我一样昼伏夜出。可我竟未留意父亲的房间没有鼾声！

我随父亲来到更衣室。父亲从那个浴客手里接过三块钱，喜滋滋地告诉我，这里是闹市区，浴室整夜开放，生意很好，他已挣了一千多块了，"我想帮你早点把房债还上"。在一旁递毛巾的老大爷对我说，你就是小尤啊？你爸为让你写好文章睡好觉，白天就在这些客座上躺一躺，唉，都是为儿为女哟……父亲把眼一瞪："好你个老李头，要你瞎说个啥？"

我心情沉重地回到浴池。父亲追了进来。父亲问，孩子，想啥呢？我说，让我为您擦一次背……

"好吧。咱爷俩互相擦擦，你小时候经常帮我擦背呢。"

父亲以享受的表情躺了下来。我的双手朝圣般拂过父亲条条隆起的胸骨，犹如走过一道道爱的山冈。

令人震撼的父爱

赏析／杨　阳

看完《父爱昼夜无眠》这篇文章,我心里只有长久的震撼。

为了暗中帮儿子偿还购买新房的债务,父亲利用夜晚去浴室彻夜替人擦背;为了不让儿子知道自己出去工作和不给儿子丢脸,父亲有意跑到大老远的浴堂里去;为了不影响儿子的白天睡眠时间,父亲牺牲了自己也是白天才有的睡眠时间;为了……

一切都是为了儿子。父亲忍辱负重!

父爱是具有自我牺牲精神的一种爱;是具有成子之美、委屈自身的一种爱。因为这样的一种爱,做儿子的对待父亲才有一种朝圣般的尊重和敬仰。

试问,人世间哪里还有比这更无私、更感人的爱呢?

其实只要你多留心点观察,你就会发现一直在我们身边保护和关注着我们的安危和境况的人总是父亲。

我看到了一条河

● 文/[英]理查德·布兰森

刚开始学游泳时,我大概有四五岁。我们全家和朱迪斯姑姑、温迪姑姑、乔姑父一起在德文郡度假。我最喜欢朱迪斯姑姑,她在假期开始时和我打赌,如果我能在假期结束时学会游泳,就给我十个先令(先令是英国旧币,十先令相当于半个英镑)。于是我每天泡在冰冷的海浪里,一练习就是几个小时。但是到了最后一天,我仍然不会游泳。我最多只能挥舞着手臂,脚在水里跳来跳去。

"没关系,里克,"朱迪斯姑姑说,"明年再来。"

但是我决心不让她等到下一年。再说我也担心明年朱迪斯姑姑就会忘了我们打赌的事。从德文郡开车到家要十二个小时,出发那天,我们很早起身,把行李装上车,早早地起程了。乡间的道路很窄,汽车一辆接一辆,慢吞吞地往前开。车里又挤又闷,大家都想快点儿到家。但是,这时我看到了一条河。

"爸爸,停下车好吗?"我说。这条河是我最后的机会,我坚信自己能赢到朱迪斯姑姑的十先令。"请停车!"我大叫起来。爸爸从倒车镜里看了看我,减慢速度,把车停在了路边的草地上。

我们一个个从车上下来后,温迪姑姑问:"出了什么事?"

"里克看见一条河,"妈妈说,"他想再最后试一次游泳。"

"可我们不是要抓紧时间赶路吗?"温迪姑姑抱怨说,"我们还有很长一段路程呢!"

"温迪,给小家伙一次机会嘛,"朱迪斯姑姑说,"反正输的也是我的十先令。"

我脱下衣服,穿着短裤往河边跑去。我不敢停步,怕大人们改变主意。但离水越近,我越没信心,等我跑到河边时,自己也害怕极了。河面上水流很急,发出很大的声响,河中央一团团泡沫迅速向下游奔去。我在灌木丛中找到一处被牛踏出的缺口,涉水走到较深的地方。爸爸、妈妈、妹妹琳蒂、朱迪斯姑姑、温迪姑姑和乔姑父都站在岸边看我的表演。女士们身着法兰绒衣裙,绅士们穿着休闲夹克,戴着领带。爸爸叼着他的烟斗,看上去毫不担心。妈妈一如既往地向我投来鼓励的微笑。

我定下神来,迎着水流,一个猛子扎了下去。但是好景不长,我感到自己在迅速下沉。我的腿在水里无用地乱蹬,急流把我冲向相反的方向。我无法呼吸,呛了几口水。我想把头探出水面,但四周一片空虚,没有借力的地方。我又踢又扭,然而毫无进展。

就在这时,我踩到了一块石头,用力一蹬,总算浮出了水面。我深吸了口气,这口气让我镇定下来,我一定要赢那十先令。

我慢慢地蹬腿,双臂划水,突然我发现自己正游过河面。我仍然忽上忽下,姿势完全不对,但我成功了,我能游泳了!我不顾湍急的水流,骄傲地游到河中央。透过流水的怒吼声,我似乎听见大家拍手欢呼的声音。等我终于游回岸边,在五十米以外的地方爬上岸时,我看到朱迪斯姑姑正在大手提袋里找她的钱包。我拨开带刺的荨麻,向他们跑去。我也许很冷,也许浑身是泥,也许被荨麻扎得遍体鳞伤,但我会游泳了。

"给你,里克,"朱迪斯姑姑说,"干得好。"我看着手里的十先令。棕色的纸币又大又新。我从没见过这么多钱,这可是一笔巨款。

爸爸紧紧地拥抱了我,然后说:"好了,各位,我们上路吧!"直到那个时候,我才发现爸爸浑身湿透,水珠正不断地从他的衣角上滴下来。原来他一直跟在我身后游。

父亲，总在你的背后

赏析／叶　风

　　父亲总在暗中无声无息保护着你，这就是父亲对儿女爱的最好表现。父亲对儿女们的爱总是不会张扬的，但这份爱却总是很真实地存在着。

　　在《我看到了一条河》中，当儿子执意要下河游泳时，做父亲的如果断然拒绝，显然不是一种明智的做法。父亲的做法是接受儿子的要求，然后在暗中跟着儿子下水，偷偷地在背后保护着儿子的安全。父亲的做法漂亮极了。

　　其实只要你多留心点观察，你就会发现一直在我们身边保护和关注着我们的安危和境况的人总是父亲。但父亲们所采取的方式总是那么隐蔽。以致他们都只会在暗中、在细微处偷偷地保护着我们。

　　"我"看到了一条河，"我"同时也看到了父亲的一颗心。

父亲与儿子这份相濡以沫的真情构造出了世间最美丽的风景。

世上最美味的泡面

● 文/佚 名

他是个单亲爸爸,独自抚养一个七岁的小男孩。每当孩子和朋友玩耍受伤回来,他对过世妻子留下的缺憾,便感受尤深,心底不免传来阵阵悲凉的低鸣。这是他留下孩子出差当天发生的事。

因为要赶火车,没时间陪孩子吃早餐,他便匆匆离开了家门。一路上担心着孩子有没有吃饭,会不会哭,心老是放不下。即使抵达了出差地点,也不时打电话回家。可孩子总是很懂事地要他不要担心。然而因为心里牵挂不安,便草草处理完事情,踏上归途。回到家时孩子已经熟睡了,他这才松了一口气。旅途上的疲惫,让他全身无力。正准备就寝时,突然大吃一惊:棉被下面,竟然有一碗打翻了的泡面!

"这孩子!"他在盛怒之下,朝熟睡中的儿子的屁股,一阵狠打。

"为什么这么不乖,惹爸爸生气?你这样调皮,把棉被弄脏要给谁洗?"这是妻子过世之后,他第一次体罚孩子。

"我没有……"孩子抽抽咽咽地辩解着:"我没有调皮,这……这是给爸爸吃的晚餐。"

原来孩子估计了爸爸回家的时间,特地泡了两碗泡面,一碗自己吃,另一碗给爸爸。可是因为怕爸爸那碗面凉掉,所以放进了棉被底下保温。

爸爸听了,不发一语地紧紧抱住孩子。看着碗里剩下那一半已经泡涨的面:"啊! 孩子,这是世上最……最美味的泡面啊!"

美味的爱

赏析／小　秋

　　爱的力量就与力同样，是相对的，当你对一个人付出真情时，那个人也会回报予你同样深厚的爱。因而当文章中的小男孩为父亲泡上这"世上最美味"的泡面时，你是否也领悟到了他的父亲对他的爱？父亲平时一定也是用他那份深深的爱包裹着小男孩，让他在失去母爱之后，仍然倍感温暖，因而也以同样的爱回报着父亲。

　　父亲与儿子这份相濡以沫的真情构造出了世间最美丽的风景，儿子用心为父亲烹饪的那碗似乎没有营养价值的泡面，在父亲心中也变成了世间美味至极的佳肴，因为这是用独一无二的真爱调味而成的。

只是父亲把爱都隐匿在了这看似能数清的钱中，而那被隐藏着的深厚之爱是怎样也数不清的啊！

心疼钱的父亲

● 文/张　萍

父亲好不容易进一次城，我陪他看过高楼大厦后，又打的去一处风景区玩。下车时，父亲看见我给了司机二十块钱，就说："坐一阵车怎么要这么多钱？"我说："不多，这已经是最便宜的了。"父亲嘟哝说："还不多？二十块钱要买四十个鸡蛋了。"

下车后，我就去买票，父亲问："又要多少钱？"那票是一百块钱一张的，我怕父亲心疼，就说："每人五十元。"父亲还是惊叫起来："两担稻谷又飞了！"我说："票都买好了，进去吧。"

从风景区出来后，父亲无论如何不肯坐车了，他要我和他走路回家。从风景区回家最少有十公里，走路回家不但累人，还会被人嘲笑。我还是叫了一辆的士。父亲见我不听他的话，就生气地自己走了。我问司机要多少钱，司机说最少要二十五元。我预先付钱给司机说："等一会见到我父亲，你就说只要两块五毛钱。"司机问我为什么要骗父亲，我说："我父亲刚从乡下来，他心疼钱，已经很生气了，死活不肯坐车。"司机愣了一下才说："好吧。"

我坐上车子，一会儿就赶上了父亲，司机把车停在父亲身边。我叫父亲上车，父亲却要我下车。司机说："大叔，您快上来吧。我是顺路捎你们回去，只收两块五毛钱。"父亲这才上了车，一个劲地谢司机。

司机一路跟父亲说话，把我们送到家门口时，还亲自给父亲打开车门。等父亲下了车，进了家后，司机又把我叫回到车边，将那二十五元钱还给我说："这钱，你拿去买一瓶酒给大叔喝吧。"我莫名其妙地问："你为什么不要钱？"司机说："因为你的父亲太像我的父亲了。我父亲进城后，也是心疼钱，不肯坐车。"我问："你父亲还好吧？"司机说："他走路回家时，被车撞死了。"

司机眼里涌满了泪水，他默默地开车走了。那二十五元钱，我至今还保存着。

数得清的钱，数不清的爱

赏析／庆　禾

父亲真的很心疼钱！

在农村生活了大半辈子的父亲，为了把儿女养育成人，含辛茹苦，省吃俭用，把自己一点一滴的血汗换成了一分一毫的钱，对于这要养活一家人，要供养儿女读书成才的钱，父亲怎能不心疼？

而当儿女长大成人，勤苦多年的父亲终于可以安享晚年，但是对于儿女在外奔波所赚的钱，已经节俭成性，深知赚钱不易的父亲，又怎能不心疼？

父亲真的很心疼钱？其实父亲真正心疼的是自己的儿女，只是父亲把爱都隐匿在了这看似能数清的钱中，而那被隐藏着的深厚之爱是怎样也数不清的啊！

在很多父亲心中，儿女的成功就是他们心中最大的尊严。

父亲的尊严

● 文/佚 名

　　新生入学，某大学校园的报到处挤满了在亲朋好友簇拥下来报到的新同学，送新生的小轿车挤满了停车场，一眼望去好像正举行汽车博览会。

　　这时，一个衣衫褴褛的中年男人出现在保安的视野中，那人在人群里钻出钻进，粗糙的手里扒着一只发黑的蛇皮袋，神色十分可疑。正当他盯着满地空饮料瓶出神的时候，保安一个箭步冲上去，揪住了他的衣领，已经磨破的衣领差点给揪了下来。

　　"你没见今天是什么日子吗？要捡破烂也该改日再来，不要破坏了我们大学的形象！"

　　那个被揪住的男人与其说害怕不如说是窘迫，因为当着这么多学生和家长的面，他一时竟说不出话来。这时从人缝里冲出一个女孩子，她紧紧挽住那个男子黑瘦的胳膊，大声说："他是我的父亲，从乡下送我来报到的！"

　　保安的手松开了，脸上露出惊愕的表情：一个衣着打扮与拾荒人无异的农民竟培养出一个大学生？不错，这位农民来自湖北的偏僻山区，他的女儿是他们村有史以来走出的第一位大学生。他本人是个文盲，十多年前曾跟人到广州打工。因为不识字，看不懂劳务合同，一年下来只得到老板说欠他八百元工钱的一句话。没有钱买车票只得从广州徒步走回鄂西山区的家，走了整整两个月！在路上，伤心的他暗暗发誓,一定要让三个儿女都读书,还要上大学。

女儿是老大,也是第一个进小学念书的。为了帮家里凑齐学费,她八岁就独自上山砍柴,那时每担柴能卖五分钱。进了中学后住校,为了节省饭钱,她六年不吃早餐,每顿饭不吃菜只吃糠饼,就这样吃了六年。为节省书本费,她抄了六年的课本……

他绝对想不到会在这个心目中最庄严的场合被人像抓贼似的揪住。当女儿骄傲地叫他父亲,接过他的化肥袋亲昵地挽着他的胳膊在人群中穿行的时候,他的头高高地昂起来。那是一个父亲的尊严,也是一个人的骄傲。

报到结束了,他一天也不敢耽误,而且他的路比别人都要遥远,因为他将步行回到小山村。

不过,这一次步行,他会比一生中的任何一次都要欢快,因为他的心里充满了希望……

最大的尊严

赏析／邹素雅

每位父亲内心都拥有着渴望被尊重、被崇拜的尊严,文章中的父亲何尝不是如此,但是这位父亲的尊严却始终不能得到世人的尊重,为了把女儿送入大学,目不识丁的父亲吃了多少常人无法想像的苦头,受尽旁人多少白眼!

然而女儿终于在异常艰难的环境中迈入了大学的门槛,于是女儿成就了父亲一生中最大的骄傲,在女儿身上,父亲看到了希望,在女儿挽着他的胳膊那一刻,这位终生挣扎在贫困线上拉扯着一家人生计的父亲拥有了最大的尊严。

在很多父亲心中,儿女的成功就是他们心中最大的尊严!